FUSION FANTASTIC STORY

다크홀릭 퓨전 판타지 소설

건들면 죽는다 6

다크홀릭 퓨전 판타지 소설

초판 1쇄 찍은 날 § 2014년 3월 21일
초판 1쇄 펴낸 날 § 2014년 3월 24일

지은이 § 다크홀릭
펴낸이 § 서경석

편집부장 § 권태완
편집책임 § 정수경

펴낸곳 § 도서출판 청어람
등록번호 § 제387-1999-000006호
등록일자 § 1999. 5. 31
어람번호 § 제1-1806호

주소 § 경기도 부천시 원미구 심곡2동 163-2 서경B/D 3F (우) 420-822
전화 § 032-656-4452팩스 § 032-656-4453
http://www.chungeoram.com
E-mail § chungeorambook@daum.net

ISBN 979-11-5681-928-8 04810
ISBN 978-89-251-3509-0 (세트)

TOUCHED TO DIED

건드리면 죽는다

FUSION FANTASTIC STORY

다크홀릭 퓨전 판타지 소설

6

청람

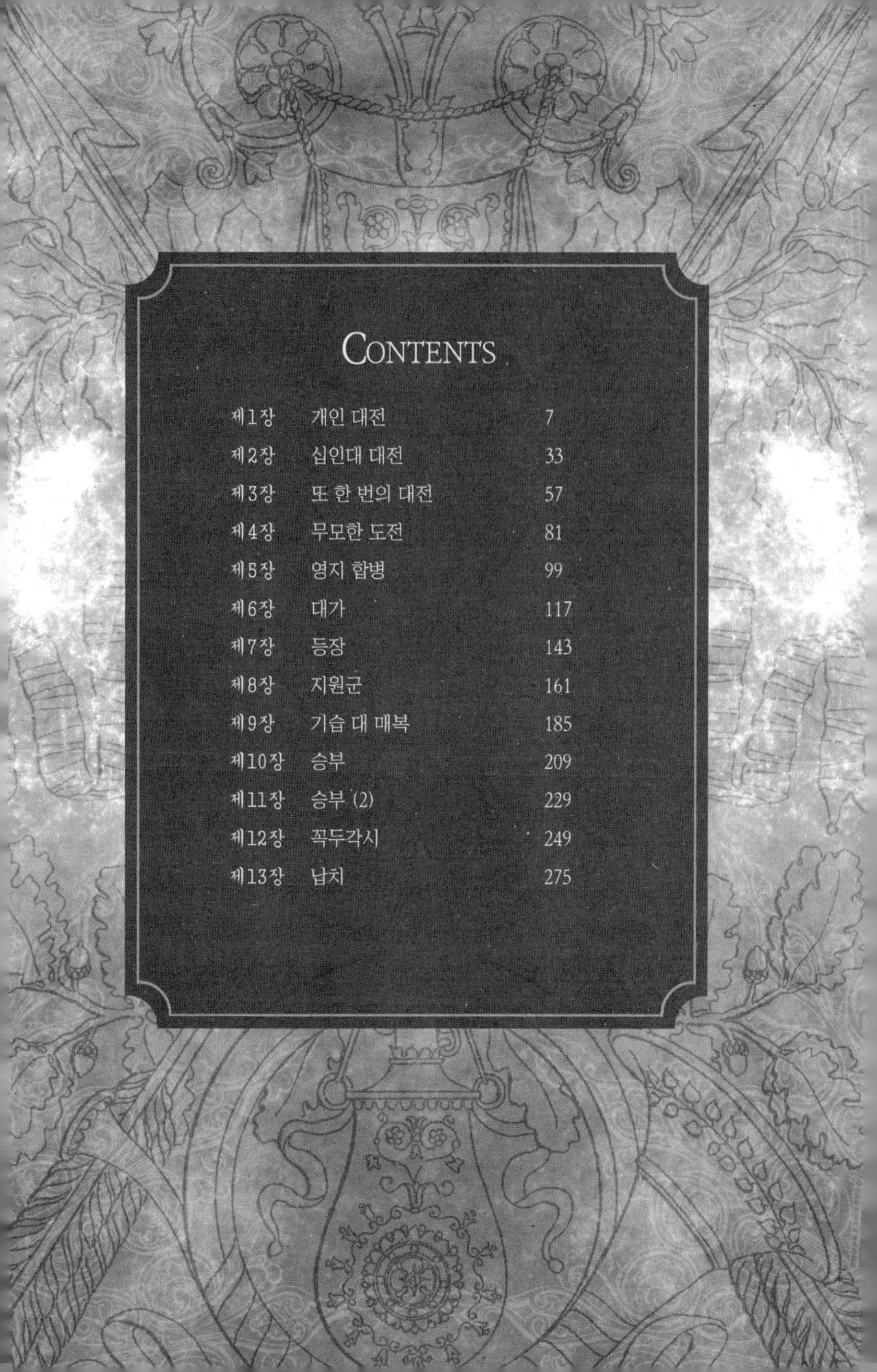

CONTENTS

Chapter 01

개인 대전

1

병사 아놀드는 올해 나이 스물네 살이다. 그야말로 남자로서는 가장 힘이 좋을 때라고 할 수 있었다.

게다가 그는 엄청난 거구에 살이라는 살은 모두 근육질로 뭉쳐 있어서 보는 것만으로도 기가 질릴 정도였다.

그런데 그에 비하면 땅꼬마라고 해도 할 말이 없을 것 같은 소녀가 그 앞에 섰으니 얼마나 황당했겠는가.

"이, 이번 대결은 말려야 하는 것 아니오? 아무리 공정한 대결이라 하지만 이건 차이가 나도 너무 나는 것 같소만……."

"하지만 영주님, 누가 시켜서 하는 것이 아니라 아가씨가 직접 나선 상황입니다. 죄송하지만 이제는 중지할 수 없다는 말씀입니다."

워낙 다급해서 그랬는지 렌탈은 숀을 보며 대뜸 이렇게 말했다.

아무리 태연한 척하려 해도 딸에 대한 염려가 가득한 얼굴이다.

그러나 이건 그냥 스포츠가 아니라 군인 간의 결투였다.

파비앙이 상대를 확인하고도 나섰다는 말은 그에게 도전한 것이라 할 수 있다.

이런 상황에서 그만두게 한다면 상대는 물론 파비앙까지도 큰 모욕을 당하는 꼴이 된다.

기사 중심의 사회에서 그런 모욕을 당한다는 것은 죽음보다 더 큰 치욕이다.

그런 이상 아무리 영주라 해도 이번 싸움은 함부로 말릴 수는 없다는 이야기다.

숀이 나서서 그 점을 상기시키자 렌탈은 결국 다시 자신의 자리로 돌아갈 수밖에 없었다.

"이것 보시오, 총사령관. 저 아이…… 괜찮겠소?"

"아가씨를 믿으십시오. 그동안 참으로 열심히 훈련했으니까요."

몇몇을 제외하고 아직 숀의 정체는 알려지지 않은 상태다.

때문에 렌탈은 주변을 의식해 극존칭을 삼가며 물었다.

그러자 숀은 여유 있는 웃음을 지으며 대답했다.

"으음…… 총사령관께서 그렇게 말씀해 주시니 조금은 안심이 되는구려. 고맙소."

"편안한 마음으로 지켜보십시오. 아마 인상 깊은 경기가 될 것입니다."

숀이 이렇게 말을 하자 렌탈은 그를 향해 살짝 웃어 보이고는 얼른 경기장을 바라보았다.

그러나 그런 그의 얼굴에는 여전히 불안감이 서려 있었다.

"……반칙을 하거나 상대방이 항복을 했는데도 공격을 하면 무조건 실격패입니다. 아시겠죠?"

"네!"

"좋습니다. 그럼 시작하겠습니다!"

경기 규칙을 설명하던 벡스가 마지막으로 묻자마자 두 사람은 동시에 대답했다.

그러자 벡스는 곧장 경기 시작을 알렸다.

"아가씨, 살살 할 테니 봐서 적당히 항복하십시오. 괜히 귀하신 분을 다치게라도 할까 봐 두렵습니다."

"당신은 전쟁도 적당히 할 생각인가요?"

아놀드는 바로 공격할 생각이 없는지 검을 꺼내 들지도 않은 채 빙글거리며 이렇게 말했다.

하긴 그의 입장에서는 가소로울 만도 할 터였다.

그는 제1전투 부대원들 가운데서도 가장 강한 병사이다.

원래 슈덤벨 대륙의 검술은 힘을 바탕으로 사용할수록 강해지게 되어 있었다.

때문에 검술의 고수들은 대부분 대검을 가장 선호한다.

그들은 거의 모두 기사였지만 아놀드는 일반 병사임에도 불구하고 대검을 사용해 왔다.

그것은 그만큼 힘이 강하다는 것을 뜻했다.

그런 그가 최근 강도 높은 훈련까지 마쳤으니 얼마나 기세가 등등해졌겠는가.

그래서인지 그의 이런 태도는 누가 봐도 그리 심해 보이지 않았다.

파비앙만큼은 달랐지만…….

"전쟁을 적당히 할 리가 있겠습니까? 단지, 아가씨는 진짜 적이 아니시니 다치게 하기 싫다는 것뿐입니다."

"저보다는 당신 걱정이나 하시죠? 보아하니 덩치가 너무 커서 둔할 것 같은데……."

상대는 분명 걱정이 되서 하는 말이었지만 파비앙은 오히려 도발성 발언을 했다.

아직 어린 소녀가 말솜씨 하나만큼은 당찼지만 그 누구도 그녀가 이길 것이라고 생각하지 않았다.

그러기에는 외형적인 열세가 워낙 심해 보였다.

"그녀가 이길 수 있을까요?"

"워낙 무서운 사람이 가르쳤으니 뭔가 있을 것이라고 생각했는데 그게 아닌 것 같습니다."

"그건 또 무슨 말씀이신가요?"

파비앙과 아놀드가 마침내 대치를 하자 이번에는 특석에 앉아 있던 소피아가 근심 어린 목소리로 장로들을 돌아보며 이렇게 물었다.

그러자 다시 둘째 장로가 나서더니 아까와는 상반된 말을 꺼냈다.

그때만 해도 숀이 가르친 이상 파비앙이 이길 것처럼 이야기를 했었는데 이제 와서 아니라고 하니 소피아가 의아해할 수밖에…….

"지금 상황에서 파비앙 아가씨가 이길 수 있는 길은 한 가지뿐입니다. 그건 바로 마나를 쓸 수 있느냐 하는 점입니다. 상대의 힘이 아무리 강해도 마나의 능력을 넘어설 수는 없으니까요. 하지만 제가 방금 체크해 본 바로 그녀에게 마나의 기운은 전혀 느껴지지 않고 있습니다."

"아…… 그러고 보니 진짜 그런 것 같네요. 하지만 숀 님이 아무 대책 없이 저렇게 어린 아가씨를 그냥 나가게 했을 리는 없을 텐데……."

통상 마나를 가지고 있는 사람은 상대의 마나도 금방 알아볼 수 있다.

물론 자신보다 훨씬 높은 경우에는 어느 정도 수준인지 가늠하기 힘들지만 일단 마나의 보유 여부는 확실하게 알 수 있는 것이다.

그랬기에 소피아와 둘째 장로는 이런 대화를 나눌 수 있었다.

"총수님. 숀 님에게서도 마나의 기운은 전혀 느낄 수 없습니다. 그 점을 잘 생각해 보십시오."

"그러고 보니 그것도 그러네요. 그럼 첫째 장로님께서는 저 아가씨도 숀 님과 비슷한 능력을 가지고 있다고 생각하시는 건가요?"

그런데 바로 그때, 이번에는 첫째 장로가 끼어들어 두 사람에게 이런 사실을 상기시켰다.

하긴 그들이 처음에 숀을 우습게 봤던 것도 마나가 없다고 생각했었기 때문 아니던가.

그래서인지 소피아의 표정이 방금 전보다는 조금 밝아

졌다.

사실 어찌 보면 그녀가 파비앙을 걱정할 이유는 없었다.

원래부터 알던 사이도 아닌 데다가 그녀와 특별한 대화조차 나눈 적이 없었으니 말이다.

그렇지만 그녀는 앞으로 파비앙과 자신의 관계가 매우 가까워질 것이라고 예감했다.

자신과 숀이 가까워진다면 말이다. 그랬기에 이처럼 걱정을 하고 있는 것인지도 모른다.

"어떻게 마나도 없이 그런 능력을 발휘할 수 있었는지는 아직 모릅니다. 하지만 그분이 가르친 이상 저 아가씨에게도 분명 뭔가가 있을 것입니다. 그렇지 않고서는 절대 저런 자신만만한 표정을 지을 수 없겠지요. 장담합니다만 이번 싸움은 틀림없이 파비앙 아가씨가 이깁니다."

"그렇지만 형님, 파비앙 아가씨가 숀 님에게 검술을 배우기 시작한 지는 이제 고작 한 달이 조금 넘었을 뿐입니다. 아무리 잘 가르친다고 해도 제대로 배우기에는 워낙 짧은 시간이지요. 제 생각에 아가씨가 지금 저런 표정을 지을 수 있는 것은 아마 자신의 신분 때문이 아닐까 싶습니다. 조금이라도 위험해지면 누군가라도 나서서 말릴 것이라고 예상하고 있는 것이지요. 그러니 무서울 것이 뭐가 있겠습니까?"

둘째 장로의 반론에 대부분의 장로가 고개를 끄덕였다.

그의 말처럼 워낙 준비해 온 시간이 짧았기 때문이다.

그러나 그들이 그러거나 말거나 마침내 전투는 시작되고 있었다.

2

자신의 상대로 파비앙이 나설 때부터 아놀드의 기분은 몹시 언짢았다.

가장 강한 상대가 나와도 될까 말까 할 텐데 고작 갓 열다섯 살이 된 꼬맹이라니…….

기가 막힐 만도 했다.

'내가 나오는 것을 뻔히 보고도 해보겠다니…… 정말 어이가 없군. 그렇다고 저렇게 귀여운 아가씨를 혼내줄 수도 없고…… 이것 참…….'

렌탈 영지 사람들은 모두 파비앙을 좋아한다.

그녀의 나이는 비록 어렸지만 워낙 영지민들을 친절하게 대해온 데다가 그들에게 무슨 일이 있는 것을 알게 되면 발 벗고 나서곤 했었기 때문이다.

게다가 그녀는 보는 것만으로도 사람들의 기분을 좋게 만들 만큼 귀엽고 깜찍하게 생겼다.

그건 무지막지한 근육질 사내 아놀드의 입장에서 볼 때도 마찬가지였다.

하지만 그렇다고 기권을 할 수는 없었다.

"그럼 먼저 공격하십시오. 아가씨께서 세 번 공격할 동안 저는 방어만 하다가 그 이후부터 공격하겠습니다."

"저를 너무 만만하게 보시는군요. 후회하게 될 텐데 괜찮겠어요?"

"하하! 물론입니다. 어서 공격하십시오."

실력이 비슷한 경우 세 번씩이나 양보하게 되면 이기기 힘들다.

그러나 아놀드 입장에서 볼 때 파비앙은 절대 적수가 될 수가 없었다.

그랬기에 이런 조건을 내세운 것이다.

하지만 그의 판단은 잘못돼도 한참 잘못되어 있었다.

그 순간 그녀를 코치해 주는 사람이 있다는 것은 상상도 못했기 때문이다.

[전투는 두 번의 기회가 없소. 그리고 무조건 승자만이 할 말이 있는 법이오. 상대는 지금 방심하고 있으니 무조건 최선을 다해 그가 항복할 때까지 몰아붙이시오. 검에 마나를 주입해서 말이오. 어서!]

"이야압~!"

—비빙~~!

"헉! 저, 저건 마나다! 오러가 아직 희미하기는 하지만 마나가 분명해."

숀의 코치를 받자마자 파비앙은 지금까지 쌓아올린 내공을 모두 끌어 올려 검에 담았다.

이건 분명 마나와는 조금 다른 성질이었지만 겉으로 드러나는 모습은 거의 똑같았다.

검에 마나가 주입된 것처럼 옅은 오러가 나타났기 때문이다.

숀이 아니고서는 구별할 수 없는 미세한 차이였기에 기사들과 렌탈 남작은 그것을 마나라고 생각할 수밖에 없었다.

그랬기에 그들은 모두 경악했다.

오죽했으면 앉아서 관전하던 사람들이 모두 일어날 정도였다.

특히 그녀의 바로 코앞에 서 있는 아놀드의 놀라움은 이루 말할 수 없었다.

그는 본능적으로 뭔가 잘못되었다는 것을 느끼고 뭐라고 하려고 했지만 이미 때는 늦었다.

"간다~! 이얍~!"

다다다닷!

챙~!

"으헉!"

파비앙이 검에 기를 주입시키자마자 숨 돌릴 틈도 없이 달려들었던 것이다.

만일 이때 아놀드의 힘이 조금이라도 지금보다 약했거나 아니면 그의 대검이 워낙 잘 만들어진 것이 아니었다면 이 한 번의 공격으로 졌을 정도였다.

하지만 과연 그는 제1전투부대의 모든 병사 가운데 최강자다웠다.

어찌어찌해서 마나가 주입된 검을 일반 검으로 막아냈던 것이다.

하지만 그건 겨우 시작에 불과했다.

"이것도 막아보세요! 타핫~!"

—슈욱~~쎄엑~!

—챙~! 그극! 창! 챙강!

"윽!"

아놀드는 힘겹게 첫 번째 공격을 막아냈지만 파비앙의 살벌한 공세는 더욱 거세지고 있었다.

그녀는 처음 잡은 승기를 놓치지 않겠다는 듯 아놀드의 전후좌우를 쉴 새 없이 몰아쳤다.

그나마 그녀가 워낙 경험이 없는 상태라 이 정도였지, 조금의 경험만 있었어도 진작 승부는 끝났을 것이다.

"저, 저게 정말 내 딸 파비앙이라는 말이오? 대체 총사령관께서 저 아이에게 무엇을 가르쳤기에 겨우 한 달 만에 소드 익스퍼트급 검사가 될 수 있는 거요? 내가 지금 꿈을 꾸고 있는 것은 아니겠지요?"

"따님께서는 선천적으로 마나에 대한 감이 있었던 것 같습니다. 저는 단지 파비앙 아가씨가 자연스럽게 마나를 접할 수 있는 방법을 가르쳤던 것뿐입니다."

두 사람의 대결을 지켜보며 놀라지 않은 사람은 숀밖에 없었을 것이다.

그는 애초부터 이런 결과를 알고 있었다.

파비앙에게는 첫 전투였기에 시작할 때 코치까지 해주었으니 더욱 그랬다.

그러나 렌탈은 죽었다 깨어나도 지금 벌어지고 있는 일을 이해할 수가 없었다.

하긴 이 대륙의 누구라도 검을 집은 지 한 달 만에 소드 익스퍼트 초입 수준에 도달했다고 한다면 미친놈이라고 손가락질을 할 것이다.

그러니 어떻게 이해할 수 있겠는가.

"나도 그런 이야기를 들어본 적은 있소. 아니, 사람에 따라 마나를 느끼는 정도가 다르다는 것은 검사라면 다 알고 있을 게요. 하지만 아무리 그렇다고 해도 이건 아닌 것 같소. 도대체 무슨 마법을 부린 것이오?"

"그게 그렇게 궁금하십니까?"

검사라면 누구나 하루아침에 고수가 되는 꿈을 꿀 것이다.

그러나 그런 꿈을 이룬 사람은 그 누구도 없었다.

결국 고수가 되려면 뼈를 깎는 고통 속에서 노력하는 방법밖에는 없을 터였다.

그런데 지금 꿈에서나 생각해 볼 수 있는 일이 실제로 벌어지고 있지 않은가.

그 비밀만 알게 된다면 자신 역시도 강해질 수 있을 것만 같았다.

그러니 당연히 궁금할 수밖에…….

"그렇소."

"그렇다면 오늘 시합이 끝난 후 제게 은밀히 오십시오. 그럼 그때 방법을 알려드리겠습니다."

"무슨 일이 있어도 꼭 찾아뵈리다."

"기다리겠습니다."

사실 숀이 이번과 같은 모의전투를 치르는 이면에는 이런 생각도 들어 있었다.

바로 렌탈 남작을 비롯해 영지 안의 모든 기사를 자극해 그들 스스로 더 강해지고 싶어 하게 만들려는 속셈 말이다.

그리고 그의 예상대로 가장 먼저 렌탈 남작이 미끼를 물었다.

하지만 지금 그들의 주변에 있는 기사들의 눈빛도 렌탈 남작과 별로 다르지 않았다.

'후후… 걸려들었군. 이렇게 되면 파비앙 아가씨를 이용한 작전이 성공한 셈인가? 앞으로 이들과 함께 놀 일을 생각하니 갑자기 즐거워지네. 스스로 강해지기를 원하게 되면 그 어떤 고통도 감수하는 법이지.'

그런 모습을 지켜보며 손은 속으로 이런 생각을 했다.

그리고는 입가에 기묘한 미소를 지었다.

어찌 보면 왠지 소름이 끼칠 것 같은 그런 미소 말이다.

어쨌든 그러는 사이 아놀드와 파비앙의 대결은 종국을 향해 달려가고 있었다.

"이것도 막아보세요! 이야압~!"

―부웅~! 쎄에엑~!

―까앙! 쨍그랑!

"크헉~!"

파비앙이 큰 기압과 함께 허공으로 떠오르더니 마치 벌이 내리 쏘듯 곧장 아놀드에게 날아갔다.

아놀드는 용케 이번에도 그 검을 막아내기는 했지만 결국 항복할 수밖에 없었다.

그의 대검이 정확히 반으로 잘라지며 파비앙의 검이 그의 머리 바로 앞에서 멈추었기 때문이다.

그리고 동시에 장내에 정적이 흘렀다.

3

"파, 파비앙 아가씨 승!"

"와아아아~~~! 정말 대단합니다!"

"브라보~!"

그 누구도 믿을 수 없는 상황 앞에서 침묵하던 장내는 경기를 진행시키던 벡스가 판정을 내리는 순간, 열광의 도가니로 돌변했다.

이제 겨우 열다섯 살 소녀가 만든 이 놀라운 결과를 진심으로 기뻐했던 것이다.

특히 그녀는 최근 있었던 전쟁에도 용감하게 참가했었기에 병사들의 환호성이 더 큰 것인지도 몰랐다.

척척척…… 스윽…….

"아놀드 님의 호의로 인해 처음에 기세를 잡지 못했다면 마나를 쓰고도 오히려 제가 졌을 거예요. 정말 대단한 실력이세요."

"아, 아가씨……."

하지만 그런 환호 속에서도 파비앙은 침착성을 잃지 않은 채, 결국 검을 놓치고 쓰러져 있던 아놀드에게 가까이 다가가 이런 말과 함께 손을 내밀었다.

하늘과 같은 아가씨가 자신의 체면을 위해 이런 말을 해주는 것만으로도 감격할 일이었다.

그런데 거기에 한 술 더 떠 손까지 내밀어주다니 아무리 장갑을 끼고 있다고는 하나 그야말로 커다란 감동이 밀려드는 순간이었다.

"무안해요. 어서 잡고 일어나세요."

턱! 벌떡…….

결국 아놀드는 파비앙의 손을 잡고 벌떡 일어났다.

그러자 사방에서 엄청난 박수가 터져 나왔다.

"우와~ 멋져요!"

"아놀드도 잘했다!"

첫 경기부터 모두의 마음을 뿌듯하게 만들어주는 장면이 연출되었다.

아무리 숀이라고 해도 여기까지 생각하지는 못했었다.

그래서인지 그 역시도 가슴 한쪽이 뭉클한 것 같은 느낌을 받았다.

'허어… 그저 어리기만 한 줄 알았는데 저런 면도 있었다니……. 거참 알면 알수록 마음에 드는 아가씨라니까. 어서 성장해 다오, 어서…… 아흐흐…….'

그녀의 모습이 멋지고 예뻐 보일수록 숀의 몸은 자꾸만 배배 꼬이고 있었다.

전생과 이생에 걸쳐 지금까지 이 정도로 여자를 자신의 것으로 만들고 싶었던 적은 단 한 번도 없었다.

"방금 보셨죠? 마지막에 갑자기 마나의 힘이 강해졌던 것 말이에요!"

"으음…… 물론입니다. 그렇게 강렬한 장면을 어떻게 보지 못할 수 있었겠습니까?"

숀이 혼자 좋아서 침을 흘리고 있을 때 소피아는 또 다른 흥분으로 인해 장로들을 보며 다짜고짜 이렇게 큰 소리로 떠들었다.

그러자 첫째 장로 베네딕트가 침음성을 흘리며 대꾸했다.

"제 실력이 아직 장로님들 수준에는 미치지 못하고 있지만 그래도 나름 검으로 어느 정도 성취는 이루었다고 자부해 왔었어요. 그런데 방금 전 그 상황은 아무리 생각해 봐도 이해가 가지를 않아요. 대체 어떻게 해서 갑자기 마나가 급증할 수 있는 거죠? 그것도 싸우는 도중에 말이에요."

"솔직히 저도 잘 모릅니다. 다만 그것 역시 주군 특유의 마나 수련 방법에서 비롯된 것이 아닐까 추측만 해볼 뿐입니다."

총수 소피아의 검술은 현재 소드 익스퍼트 중급 수준이다.

장로들 역시 그 정도 수준이었지만 그들에게는 검술 외에 단검술과 은신 능력이 더 있었기에 같은 실력이라고 할 수 없었다.

똑같은 익스퍼트 중급이라도 약간의 실력 차가 있는 것이다.

특히 첫째 장로 베네딕트는 중급 마스터 수준이었기에 더욱 높게 평가받고 있었다.

그러나 그런 그도 마지막에 파비앙이 사용한 수법이 무엇인지 알지 못했다.

"아… 정말 우리 주군께서는 알면 알수록 무서운 사람 같아요. 겨우 한 달여를 가르친 것만으로 저런 실력자를 만들어내시다니……."

"휴우… 그러게 말입니다. 도대체 어디서 저런 괴물 같은 분이 나타날 수 있었던 것인지 전 아직도 이해가 가지 않습니다."

소피아를 비롯한 밤그림자 인물들은 모두 고개를 절레절

레 흔들었다.

이미 숀의 무서움을 제대로 겪어본 터라 어느 정도 능력은 알고 있었지만 설마 남을 가르치는 것까지도 이렇게 뛰어날 줄은 상상도 못했었다.

"이번에 주군과 한배를 타기로 한 결정은 정말 잘한 것 같아요. 저런 능력까지 있는 분이시니 뭔들 못하겠어요?"

"그건 그렇습니다. 저런 분을 어찌해 보려 했었다니……. 그때만 생각하면 소름이 다 끼칠 정도입니다."

첫째 장로의 말에 다른 장로들까지 몸을 움츠렸다.

그만큼 숀에 대한 두려움이 크다는 뜻이리라.

어쨌든 그러는 가운데도 모의전투는 계속 이어지고 있었다.

선봉으로 나선 파비앙이 가장 힘든 상대를 가뿐하게 이겨서 그런지 제2전투 부대는 남은 대결도 우세했다.

비록 전승을 거두지는 못했지만 4대 1이라는 압도적인 차이로 승리를 거머쥔 것이다.

그나마 패배를 한 병사도 잠깐 방심을 하는 바람에 넘어져서 그런 것이지 실력으로는 앞서 있었다.

"개인별 전투는 4대 1로 제2전투부대가 승리했습니다!"

"와아아아～!"

오늘 시합의 진행을 맡고 있는 보병대장 벡스가 이렇게 소리치자 제2전투부대원들은 서로 얼싸안으며 기쁨의 함성을 질렀다.

반대로 제1전투부대원들은 믿을 수 없는 결과에 고개를 숙이고 말았다.

“누가 죽었나? 왜 그렇게 풀이 죽어 있는 거야? 아직 시합은 끝난 것이 아니다. 비록 개인전은 졌지만 십인대 간 전투와 부대별 전투가 남아 있다. 이 두 번의 싸움을 이기게 되면 결국 우리가 승리하는 것이다. 그러니 모두 각오를 단단히 하고 남은 전투에서 승리하자! 알겠나?”

“네! 알겠습니다!”

역시 벨룸은 기사대장 자격이 충분했다.

그는 자신도 실망했지만 전혀 티를 내지 않은 채 제1전투부대원들의 사기를 다시 높이고 있었다.

하긴 그의 말대로 아직 두 번의 기회가 더 남아 있는 것은 사실이다.

비록 개인전에서는 졌을지 몰라도 단체전은 그것과 또 달랐다.

개인의 능력이 중요하기는 하지만 얼마나 잘 협동이 되는지가 관건이기 때문이다.

그리고 벨룸은 아직 자신이 있었다.

지난 한 달여 동안 제2전투부대원들은 개인의 능력을 높이는 데 주력했지만 자신들은 모두가 한 몸인 것처럼 집단전에 전력을 쏟아왔던 것이다.

어차피 함께 훈련을 하다 보면 개인의 능력도 높아지는 것이라 이런 방법은 상당히 효율적이라고 할 수 있었다.

"승리를 맛본 기분이 어떤가?"

"꿀처럼 달콤합니다!"

"그렇다. 승리는 늘 달콤하다. 그렇다면 이번에도 그 달콤함을 다시 맛봐야 하지 않겠는가!"

"맞습니다!"

하지만 숀 역시 그리 만만한 지휘관은 아니었다.

그는 병사들에게 승리했을 때의 그 큰 기쁨과 감격을 다시 누리고 싶어 하게끔 충동질을 했다.

"십인대 대전에 나서기로 했던 병사들은 모두 앞으로!"

"네!"

척척!

그리고는 다음 시합에 참가할 병사들을 불러냈다.

그러자 삼십 명의 병사가 눈빛을 빛내며 한 걸음 앞으로 나왔다.

십인대 대전은 모두 세 번으로 결정되기에 삼십 명이 필요하다.

"너희는 그동안 개인 능력 향상에 힘을 쏟아왔다. 하지만 나는 너희에게 승리를 할 수 있는 비법을 알려주었다. 그게 뭔가?"

"트라이앵글 진법입니다!"

"그렇다. 상대가 아무리 도발을 해와도 내가 가르쳐 준 대로만 움직인다면 승리할 수 있다. 이 점을 명심하도록!"

"알겠습니다!"

숀은 병사들에게 중원 무림에서 쓰던 진법을 알려주었었다.

비록 연마한 시간은 짧았지만 중원의 진법은 위치만 정확히 숙지하면 신묘한 위력을 발휘할 수 있기 때문에 효과는 기대할 만했다.

'비록 중원에서는 삼류에 불과한 삼재진(三才陣)을 응용해서 만들었지만 이곳에서는 충분히 통할 수 있을 것이다. 상대의 충동에 넘어가게 되면 질 가능성도 아주 없는 것은 아니지만 그것을 고려해서 개인 수련을 더욱 시켜 오지 않았던가. 좋은 결과를 얻을 수 있겠지.'

병사들이 힘차게 대답하자 숀은 속으로 이런 생각을 하다가 다시 입을 열었다.

"그렇다면 어서 나가라! 가서 또 한 번의 승리를 가져

오라!"

"네!"

그렇게 두 번째 시합이 시작되었다.

Chapter 02
십인대 대전

렌탈 영지 사건으로 인해 첫째 왕자와 둘째 왕자의 신경전은 더욱 가속되고 있었다.

게다가 영악한 렌탈 남작은 이때를 이용해 영지전 승리의 대가로 단데스 영지를 공식적으로 합병할 수 있게 해달라고 자꾸만 상소를 올리고 있었다.

원래 단데스 영지는 둘째 왕자의 세력권이었다.

그렇게 중요한 곳이라고 할 수는 없었지만 어쨌든 자신의 세력권이 사라지는 것이 기분 좋을 리는 없었다.

하지만 그렇다고 무조건 렌탈 남작의 요구를 무조건 묵

살할 수도 없었다.

첫째 왕자가 은근히 그 부분을 가지고 시비를 걸었기 때문이다.

“어차피 단데스 영지는 소모품 아니었나? 겨우 그런 별 볼 일 없는 영지 하나 가지고 뭘 그렇게 신경 쓰는 거지? 뭔가 또 음흉한 속셈이라도 가지고 있는 것 아니냐?”

“형님이야말로 음흉한 것 아닌가요? 제가 단데스를 이용해 셋째의 세력권이었던 렌탈 영지를 치는 것을 뻔히 알면서도 크롤 영지를 움직이셨잖아요. 어쩌다 운이 좋아 렌탈 영지가 이겼으니 망정이지, 졌으면 고스란히 형님이 단데스 영지와 렌탈 영지 모두를 집어삼키셨을 것 아닙니까?”

렌탈 영지든 단데스 영지든 결국 시골구석의 별 볼 일 없는 영지다.

그러나 누가 차지하느냐에 따라 세력의 판도가 기울게 되는 것은 확실했다.

어쨌든 승리하는 쪽으로 중립 귀족들이 더 붙을 테니까 말이다.

두 왕자가 이번 일에 신경을 썼던 것도 그런 이유 때문이었다.

“그건 크롤 백작이 자신들과 렌탈 영지 간의 경계선 문제로 싸웠을 뿐이지 내가 시킨 것은 아니다. 장차 이 나라의 국왕이 될 사람이 그런 허접한 영지까지 신경 쓸 겨를이 있다고 생각하나? 내가 너처럼 호시탐탐 기회만 엿보는 사람인 줄 아는 모양이지?"

"크롤 백작 혼자 저지른 일이라고요? 그게 사실이라면, 만에 하나 크롤이 복수한답시고 다시 싸움을 걸었다가 렌탈 그자에게 또 패배한다면 그때는 어떻게 하시겠습니까? 렌탈이 크롤 영지마저 내놓으라고 하면 주시겠네요?"

둘째 왕자 크리스티안은 지난번 렌탈 영지의 전쟁에서 첫째 왕자가 부렸던 수작을 모두 알고 있었다.

하지만 그는 그 점을 따지기보다는 이렇게 비아냥거렸다.

따져 봤자 시치미를 뗄 게 분명한 바에야 약이라도 올리는 것이 낫다고 생각한 탓이다.

그리고 그의 예상대로 첫째 왕자 바스티안은 화가 났는지 안색이 붉으락푸르락해졌다.

"저희끼리 싸웠다가 지면 당연히 영지를 내놓을 각오 정도는 해야겠지. 그건 우리 왕국의 전통이다. 그러니 너도 자꾸 헛소리하지 말고 당장 단데스 영지를 렌탈에게 주도록 해라!"

"저도 그런 시골 영지에는 관심 없습니다. 그렇지 않아도 줄 생각입니다. 대신 앞으로 형님께서 어떻게 처신하시는

지 지켜보겠습니다. 하긴 크롤 백작이 또 지는 일은 거의 없겠지만요."

숀과 렌탈의 입장에서는 그야말로 환호성을 지를 만큼 기쁜 일이 벌어지고 있었다.

하긴 아직도 단데스 자작은 렌탈 성 안에 잡혀 있었으니 어차피 그의 영지는 주인이 없는 상태다.

그러나 만일 둘째 왕자가 끝까지 욕심을 부리면 아무리 전쟁에서 승리했다고 해도 빼앗아 올 수는 없었다.

결국 두 왕자의 자존심 싸움 덕분에 어부지리를 얻은 셈이다.

게다가 크롤 백작이 다시 쳐들어올 경우 또 승리한다면 그의 영지마저 차지할 수 있는 발판 또한 마련된 것이나 마찬가지였다.

"백작씩이나 되서 그런 하찮은 녀석에게 또 진다면 영지를 빼앗겨도 할 말이 없겠지."

"그러나 쉽게 방심해서는 안 될 겁니다. 들리는 소문에 의하면 렌탈 영지에 소드 마스터가 등장했다고 하거든요. 그 때문에 지난번에도 패배한 것이라고 합니다. 물론 형님도 잘 알고 있겠지만요."

두 사람이 대화하는 모습을 보니 확실히 성격이 많이 다르다는 것을 알 수 있었다.

큰 형 바스티안은 체구가 크고 단단해 보이는 대신 성격이 급하고 불같았다.

그러나 둘째 크리스티안은 어떤 경우에도 냉정한 것 같았다.

그래서인지 이야기가 길어질수록 어쩐지 바스티안이 말려든 것처럼 보였다.

"아무리 소드 마스터라 해도 전쟁을 혼자 할 수는 없는 법이다. 군대 안에는 기사와 병사들뿐 아니라 마법사나 사제도 있을 테니까. 소드 마스터가 있으면 분명 유리할 수는 있겠지. 그러나 그게 승리의 필수 조건이라고 할 수는 없다는 말이다. 물론 그런 하찮은 영지에 진짜 소드 마스터가 있을 리도 없겠지만……."

"하긴 시골 놈들이 뭘 알겠습니까? 소드 익스퍼트 중급 정도의 실력자를 보고 호들갑을 떠는 것이겠지요."

대륙을 통틀어도 몇 안 되는 실력자가 바로 소드 마스터다.

그런 거물급 강자가 갑자기 나타난다는 것은 상식적으로 말이 되지 않았다.

그랬기에 크리스티안처럼 냉정한 사람도 그저 소문으로 치부할 뿐 그게 진실이라고 생각할 수는 없었다.

"그건 네 말이 맞다. 그런 시골구석에 소드 마스터가 나타나다니…… 지나가던 고블린이 하품하다가 졸도할 이야기지. 하지만 설혹 진짜 소드 마스터라고 해도 크롤 영지의 패배는 변명의 여지가 없다. 크롤 백작이 또다시 싸움을 걸었다가 진다면 그걸로 끝이라고 해야지. 그러니 너도 어서 단데스 영지를 렌탈에게 넘겨라."

"좋습니다. 수일 내로 그렇게 하도록 하지요."

두 왕자가 이처럼 아무렇지도 않게 영지 문제들을 거론하고 있을 때 크롤 백작은 누군가를 만나고 있었다.

"이미 행군로 문제는 제가 미리 타협해 놓았습니다. 그러니 그 점은 걱정하지 마십시오. 숙부님."

"흐음…… 좋아, 그럼 정예 병사들로 일천 명만 지원해 주면 되겠나?"

"그 정도면 충분할 것 같긴 합니다만…… 기왕이면 그들을 지휘할 수 있는 기사들도 딸려주시면 감사하겠습니다. 어쨌든 상대 진영에는 소드 마스터가 있다는 소문이 있거든요."

바로 그의 작은 아버지 테우신 백작이다.

테우신은 원래 자작이었다가 홀로 승진해 백작까지 올라선 인물이다.

그만큼 능력이 있다는 말이다.

하긴 그가 다스리고 있는 영지의 규모는 크롤 영지와 비교할 바가 아니었다.

영토도 훨씬 넓을 뿐 아니라 경제력이나 군사력도 월등히 앞서 있었다.

통상 귀족 가문의 차남들은 본가보다 못한 경우가 다반사인 세상이다.

그러나 그는 오히려 본가보다 훨씬 흥해 있었다.

그랬기에 크롤의 아버지는 자존심 때문에 테우신 백작과 자주 보지 않았지만 크롤은 어릴 때부터 매우 친했던 숙부인지라 이럴 때는 그나마 도움을 청할 수 있었던 것이다.

"누가 낸 소문인지 몰라도 정말 웃기는구나. 소드 마스터가 그렇게 흔하다면 나도 했을 게야. 허허……. 아무튼 좋다. 블랙 기사단을 함께 보내주마. 가롯 단장도 함께 말이다."

"오! 그, 그게 정말이십니까? 감사합니다! 감사합니다! 숙부님!"

블랙 기사단은 왕국 내에서도 세 손가락 안에 들어간다고 알려진 실력파 기사단이다.

총 일백여 명으로 구성된 이 기사단만으로도 어지간한 영지는 함락시킬 수 있다고 할 정도니 크롤이 기쁨을 감추지 못하는 것도 당연했다.

"대신 우리 가문의 체면을 생각해 이번만큼은 그놈들을

철저하게 응징해야 한다. 알겠지?"

"물론입니다. 제가 직접 나서서 본때를 보여주겠습니다!"

주먹을 불끈 쥐며 이렇게 말하고 있는 크롤 백작의 얼굴에 미소가 떠오르고 있었다.

자신을 망신시킨 렌탈 남작을 절대 그냥 두지 않겠다는 듯 다짐하는 것 같은 그런 섬뜩한 미소가…….

2

기사대장 벨룸이 이끄는 제1전투부대원들은 정예 병사로 거듭난 상태다.

물론 전원 다 그런 것은 아니었지만 최소한 모의전투에 참가하는 인원만큼은 어디 내놓아도 꿀리지 않을 수준이 되었다.

그 안에 포로병들까지 포함되어 있다는 것을 생각해 보면 실로 놀라운 성과라고 할 수 있었다.

"개인전은 어쩔 수 없었습니다만 십인대 대전부터는 사령관님도 긴장하셔야 할 것입니다."

"꽤나 자신 있는 모양이군."

그래서인지 십인대 대전이 시작되기 직전 숀에게 다가온

벨룸이 이렇게 말을 했다.

첫 번째 대결에서 진 것이 몹시도 억울한 것 같은 태도다.

하지만 숀은 그런 벨룸을 나무라거나 나쁘게 보지 않았다.

기사라면 저 정도 승부욕은 가지고 있어야 한다고 생각했기 때문이다.

"저희 부대원들은 지난 한 달하고도 열흘 동안 정말 열심히 땀을 흘렸습니다. 일단 잘 먹고 훈련에 임할 수 있었기 때문에 비록 시간은 짧았지만 기적과 같은 성과를 올릴 수 있었지요. 그러니 자신이 있을 수밖에요."

"좋아, 일단 그런 태도는 칭찬해 줄 만하군. 그러나 승부인 만큼 봐줄 수 없다는 게 안타깝군."

대결은 병사들이 하는 것이지만 두 사람의 신경전도 그에 못지않았다.

물론 숀의 입장에서는 벨룸이 귀엽기만 했지만…….

'병사들을 훈련시키면서 가장 큰 성과를 얻은 사람은 바로 벨룸이었구나. 전에 내가 살짝 도움을 주기는 했지만 벌써 소드 익스퍼트 중급의 수준을 넘어설 정도가 되었다니……. 지금 실력이면 현재 이곳에서 최고라고 할 수 있겠군. 아주 즐거운 일이야.'

원래 남을 가르치다 보면 자신도 얻게 되는 것이 많은 법이다.

특히 벨룸은 지난 사십 일 동안 잠도 제대로 자지 않고 병사들을 훈련시키다 보니 본인도 장족의 발전을 한 것 같았다.

숀이 이렇게 인정할 정도면 이제 인근에서 숀을 제외하고는 가장 강한 기사가 되었다고 해도 과언이 아니었다.

"방금 그 말씀은 제가 드리고 싶은 말 같습니다. 저희도 봐드릴 수는 없으니 최선을 다하도록 지시해 주십시오."

"하하하! 알겠네. 길고 짧은 것은 대보는 게 가장 확실하지. 어디 그럼 얼마나 실력이 늘었는지 보도록 할까?"

각 부대를 대표하는 지휘관들의 이야기가 이렇게 끝나자 눈치를 보던 벡스가 깃발을 번쩍 치켜들며 큰 소리로 외쳤다.

"준비～!"

십인대 대전부터는 시작과 끝을 깃발로 표시하기로 되어 있었는지 그가 깃발을 들자 양쪽 진영의 첫 번째 병사가 각기 열 명씩 앞으로 나섰다.

숀의 부대원들은 세 명이 한 조가 되어 원을 그리듯 섰고 그 가운데 십인대 대장이 머물렀다.

그에 비해 벨룸의 부대원들은 무척 단조로운 형태다.

열 명이 주욱 늘어선 것이 전부였다.

하지만 상대방을 노려보는 눈빛만큼은 양쪽 모두 강렬했다.

펄럭~!

"시작!"

"와아아아~!"

두두두두~~!

바로 그때, 벡스가 들고 있던 깃발이 힘차게 내려오며 대전이 시작되었다.

그러자 병사들은 엄청난 함성과 함께 앞으로 달려 나갔다.

처음에는 기묘한 진을 형성하고 있는 숀의 부대원들이 부실해 보였다.

그럴 수밖에 없는 것이, 열 명이 일정한 형태를 이룬 채 달리고 있으니 얼마나 엉성해 보였겠는가.

그러나 벨룸의 부대원들은 그야말로 순식간에 상대를 향해 나는 듯 달려오고 있었다.

마치 늑대들이 양 무리 속으로 뛰어드는 것 같은 착각이 일어날 만한 모습이다.

"쳐라!"

"이얍~!"

챙! 창! 챙강!

벨룸의 부대원들의 주무기는 무거운 투 핸드 소드였다.

반면 숀의 부대원들은 날렵하면서도 가벼운 브로드 소드다.

투 핸드 소드는 말 그대로 양손으로 잡고 온몸에 힘을 실어 파괴력을 높이는 데 중점을 둔 검이었고 브로드 소드는 한 손으로도 빠르게 휘두를 수 있다는 장점을 가지고 있었다.

그러나 두 개의 검이 부딪힐 경우 투 핸드 소드가 훨씬 유리할 수밖에 없었다.

물론 둘 다 목검이기는 했지만 무게나 모양 등 진검과 거의 똑같은 형태였다.

그래서인지 막상 양측이 맞붙게 되자 숀의 병사들이 확실히 밀리는 것처럼 보였다.

"이거 죄송해서 어쩌죠? 초반에 너무 쉽게 끝날 것 같군요."

"자네 요즘 입심만 많이 기른 모양이군. 잘 보게. 과연 자네 생각처럼 쉽게 끝나는가."

그런 모습을 보며 벨룸이 의기양양한 목소리로 숀을 자극했다.

그러나 숀은 태연한 얼굴로 응수했다.

자신이 보기에는 백 퍼센트 이긴 것이라고 생각했지만 막상 숀이 이렇게 말하자 벨룸은 전투 상황을 다시 한 번 면밀히 살펴보았다.

“아까와 달리 이번에는 주군의 부대원들이 질 것 같은데요?”

“모르는 소리. 내가 볼 때는 일부러 상대의 방심을 불러일으키는 작전 같은데? 잘 보라고. 주군의 병사들은 밀리고 있는데도 일정한 진형이 전혀 흐트러지지 않고 있잖아. 저건 분명 무서운 반격을 감추고 있다는 뜻이지.”

숀과 벨룸이 여전히 신경전을 펼치고 있을 때 밤그림자의 진영에서도 대화가 오고 갔다.

처음 넷째 장로가 고개를 흔들며 이렇게 이야기를 꺼내자 첫째 장로가 반론을 제기했다. 과연 첫째다운 안목이다.

“정말 형님 말씀대로인 것 같네요. 보통 같으면 진형을 짜놓고 있다가도 불리할 경우 바로 흐트러지게 마련인데 저들은 밀리면서도 진형만큼은 전혀 변화가 없네요. 대체 저건 무슨 진일까요? 단순해 보이면서도 뭔가 숨어 있는 것 같은 묘한 느낌을 주는데요?”

“그건 나도 모른다. 나 역시 처음 보는 진이거든. 가운데를 중심으로 삼인 일조가 유대 관계를 맺으며 움직이다니… 보면 볼수록 신기하구나.”

숀의 부대원들이 원형을 이루고 있다 보니 공격자들도 비슷한 모양을 취할 수밖에 없었다.

작은 원을 큰 원으로 둘러싼 것 같은 형태다.

그러다 보니 처음에는 숀의 부대원들이 갇힌 채 끝날 것이라고 생각했다.

하지만 시간이 지나면서 사람들은 차츰 그게 큰 착각이었음을 알 수 있었다.

삼인 일조를 공격하다 보면 다른 삼인 일조가 귀신처럼 그 공격자들을 노렸으며 그들의 빈자리는 또 다른 삼인 일조가 채워주었다.

마치 톱니바퀴가 맞물려 돌아가듯 워낙 잘 맞춰져 있어서 도무지 빈틈을 찾을 수 없을 정도였다.

"저, 저럴 수가……. 이건 말도 안 돼!"

"자네들은 빨리 승부를 보기 위해 무기로 투 핸드 소드를 선택했지. 그러나 그게 얼마나 큰 실수였는지 곧 보게 될 거야."

그렇게 기고만장했던 벨룸도 이때서야 뭔가 이상함을 깨닫고는 당황했다.

그러자 숀이 여전히 웃는 얼굴로 말했다.

그런 그의 말이 끝나는 순간, 갑자기 전투 현장 쪽에서 신음성이 터지기 시작했다.

"크헉!"

"윽! 당, 당했다!"

그토록 무섭게 몰아치던 벨룸의 부대원들이 하나둘씩 쓰러지기 시작했던 것이다.

초반에 힘을 너무 많이 뺐기 때문에 후반에 들어서자마자 상대의 공격을 도저히 피할 수가 없었다.

어찌 보면 숀의 부대가 운이 좋았다고 생각할 수 있겠지만 그건 절대 아니었다.

그들이 공격을 막아내고 피할 수 있었던 것은 모두 완벽한 진형 덕분이었다.

그리고 그것은 두 번째 대결을 하게 되자 더욱 확실해졌다.

3

결국 십인대 대전도 3대 0이라는 말도 안 되는 스코어로 제2전투 부대가 승리했다.

이제 남은 전투와 상관없이 결과는 나온 것이다.

숀의 부대가 연속 두 번을 이겼기 때문에 설혹 단체전을 진다고 해도 그들의 승리였다.

"정말 놀랍습니다. 저희가 비록 졌지만 인정하지 않을 수 없군요. 대단하십니다."

"이 정도로는 아직 멀었네. 우리는 지금 커다란 전쟁을 앞에 두고 있는 입장이야. 더욱 열심히 하지 않으면 전쟁에서 이길 수 없을 걸세. 적들은 우리보다 병력 수도 많고 훨씬 좋은 장비를 가지고 있거든."

마지막 조까지 패배하고 나자 다시 숀에게 다가온 벨룸이 엄지손가락을 치켜들며 감탄을 했다.

그러나 숀은 여전히 태연한 얼굴로 이렇게 대꾸했다.

그가 모의전투를 계획한 것도 알고 보면 진짜 전쟁에 대비하기 위해서였던 것이다.

"저희도 알고 있습니다. 하지만 사령관님께서 계신 이상 이길 수 있다고 확신합니다. 뭐든 시켜만 주십시오. 목숨 걸고 따르겠습니다."

"그렇게 말해주니 고맙군. 어쨌든 이번 모의전투를 통해 포로 병사와 기존 영지군 간의 사이가 돈독해졌으니 이제는 싸울 만할 것 같네. 더 많은 대비를 해야 하겠지만……."

여러 곳에 정보망을 가동해 알아본 결과 크롤 백작이 다시 쳐들어올 것은 명명백백했다.

어차피 크롤은 아직 나이가 젊기에 이번과 같은 치욕을 그냥 넘기지 않을 터였다.

물론 그들이 지금보다 몇 배 이상의 군대를 끌고 온다고 해도 겁먹을 손은 아니다.

그 정도는 그 혼자 상대해도 얼마든지 물리칠 자신이 있었다.

그러나 평범한 삶을 추구하고 있는 그의 입장에서는 최대한 스스로를 억제하고 다른 사람들을 이용해야 했다.

"오늘 모의전투는 제2전투부대가 2대 0으로 승리했음을 선언합니다. 이제 영주님께서 나오셔서 병사들의 노고를 치하하시겠습니다."

두 사람이 대화를 나누고 있을 때 오늘의 시합을 진행했던 벡스가 큰 목소리로 이렇게 외쳤다.

그러자 렌탈 남작이 중앙에 마련되어 있는 단상으로 다시 나왔다.

"부대 차렷! 영주님께 경례!"

"충~~성!"

비록 모의전투를 치르느라 꽤나 고생한 상황이지만 모든 병사들의 경례 소리는 우렁찼다.

승부는 갈렸지만 이긴 쪽이든 진 쪽이든 모두의 표정은 밝기만 했다.

어차피 한배를 탄 식구이기에 자신들이 강해진 것을 진심으로 기뻐하고 있었던 것이다.

"본 영주는 오늘 진심으로 감탄했다. 우리 병사들이 이렇게까지 강해졌다니…… 보지 않았다면 믿지 못했을 정도다. 지금 적들은 호시탐탐 우리 영지를 노리고 있지만 이제 나는 걱정하지 않는다. 바로 여러분이 있기 때문이다."

"와아아아~!"

렌탈 남작의 한마디에 모든 병사가 큰 함성을 내질렀다. 영주가 자신들을 믿는다고 말해준 것이 너무 기뻐서다.

그러자 렌탈이 오른손을 들어 그런 병사들을 진정시키고 다시 입을 열었다.

"다들 그동안 너무 고생 많았다. 오늘은 특별히 여러분에게 술을 내릴 터이니 마음껏 마시고 편히 쉬기 바란다. 이상!"

"감사합니다!"

하고 싶은 이야기는 많았지만 렌탈은 여기까지만 말하고 단상에서 내려왔다.

이럴 때는 간단명료하게 끝내는 것이 훨씬 효과적이라는 것을 안 탓이다.

그래서인지 병사들의 표정이 더욱 밝아졌다.

"멋진 연설이었습니다."

"과찬이오. 그나저나 승리를 축하하오. 과연 총사령관님답구려. 그 짧은 시간에 이런 강군을 조련해 내다니…… 정말 놀랍소."

렌탈이 단상에서 내려오자 기다렸다는 듯 숀이 다가가 그의 연설을 칭찬해 주었다.

그러자 렌탈도 숀의 승리를 축하했다.

"병사들이 열심히 따라준 덕분입니다. 특히 파비앙 아가씨의 집중력은 저마저 놀라게 하더군요. 조만간 대륙에 엄청난 여장부가 등장할지도 모릅니다."

"휴우……. 그건 내가 바라던 바가 아니오. 파비앙은 원래부터 총명한 아이라 훗날 큰일을 할 수 있을 거라고 생각하기는 했었소. 그러나 아비 된 입장에서는 그런 것보다 좋은 사람을 만나서 행복하게 사는 것이 더욱 좋을 것 같구려. 기사로서 성공하게 되면 당장은 명예로울지 모르겠지만 진짜 행복은 맛보기 힘들지 않겠소?"

파비앙은 검술을 배운 지 한 달여 만에 소드 익스퍼트에 접어들 정도로 엄청난 재능을 소유하고 있다.

만일 이대로 숀에게 더 배운다면 그의 말처럼 대륙 최고의 여기사가 되고도 남을 것이다.

렌탈도 그렇게 판단했지만 그는 그런 것을 그다지 원치 않았다.

그녀가 진정으로 행복하게 살기를 바랐기 때문이다.

"그 점은 저와 비슷하군요. 솔직히 말씀드리면 저도 평범하게 사는 것이 가장 큰 행복이라고 생각하거든요. 아마 파비앙 아가씨도 곧 그것을 알게 될 겁니다. 그러니 너무 걱정하지 마십시오."

"하긴 이제 겨우 막 열다섯 살이 되었으니 해보고 싶은 것은 많겠지요. 아무튼 파비앙의 문제는 총사령관님께 전적으로 맡길 테니 잘 이끌어주시오."

렌탈 남작이 이렇게 말하자 숀의 머리가 또다시 복잡해졌다.

'전적으로 맡긴다고? 그 말의 저의가 뭘까? 혹시 나에게 시집을 보내겠다는 뜻은 아닐까? 아흐…… 생각만 해도 괜히 떨리네. 이거 잘하면 꽃다운 영계와 좋은 인연이 이어질지도 모르겠네. 흐흐흐……'

그는 멀리서 병사들과 환하게 웃으며 이야기를 나누고 있는 파비앙을 바라보며 이런 생각을 했다.

그녀는 평범한 병사의 복장을 하고 있어도 여전히 빛이 났다.

숀은 만일 저런 여자와 결혼해서 살 수만 있다면 당장 죽어도 여한이 없다는 생각까지 들었다.

하긴 최고의 자리까지 올라갔던 그였지만 그런 행복은 누려보지 못하지 않았던가.

그래서인지 그녀를 보고 있는 그의 눈빛은 점점 엉큼해졌다.

"축하드려요, 총사령관님. 정말 멋진 시합이었어요."

"아, 소피아 상단주님도 오셨군요. 감사합니다."

그런데 바로 그때, 그의 음흉한 상념을 깨는 존재가 등장했다. 바로 소피아다.

사실 그녀는 시합이 끝난 후부터 내내 손만 바라보고 있었다.

그러다가 렌탈과 그의 대화가 끝나는 것 같아 보이자 얼른 다가왔던 것이다.

어쩌면 그의 수상한 눈빛이 파비앙에게 가 있다는 것을 발견하고 부랴부랴 끼어든 것인지도 모른다.

"총사령관님, 기왕이면 내게도 그 미인이 누구신지 소개해 주지 않겠소?"

"이분은 이번 전쟁 동안에도 그랬고 최근에도 우리 영지에 큰 도움을 주고 있는 소피아 상단의 총수입니다. 총수님, 어서 영주님께 인사드리세요."

바로 그때, 소피아의 살인적인 미모를 보고 눈이 휘둥그레해진 렌탈이 끼어들었다.

그도 이 정도로 아름다운 여자는 처음 보았던 것이다.

"그렇지 않아도 영주님에 대한 좋은 소문은 많이 들었습니다. 이렇게 만나뵙게 되서 영광입니다. 저는 소피아라고 합니다."

“오, 당신이 소피아 상단주였구려. 그동안 너무 고마웠소. 진작부터 만나고 싶었는데 잘 오셨소. 앞으로 자주 봅시다.”

“호호……. 저 역시 바라는 바입니다. 잘 부탁드리겠습니다.”

워낙 미인이 끼어 있어서 그런지 분위기가 금방 화사해졌다.

그러나 그런 분위기도 오래갈 수는 없었다.

성의 안쪽에서 누군가가 급히 달려와 렌탈에게 인사했기 때문이다. 뭔가 중요한 전갈이 있는 것 같았다.

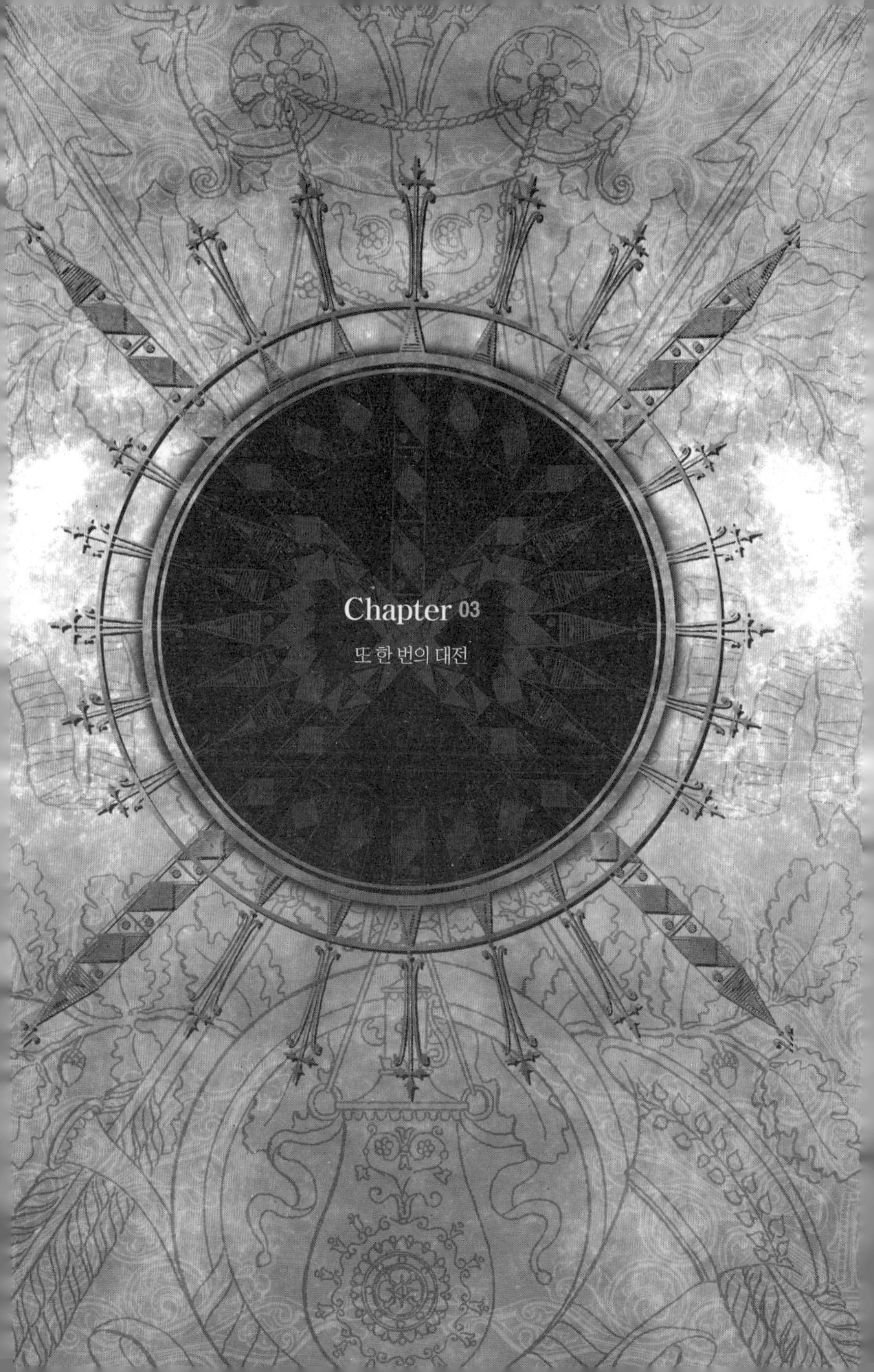

Chapter 03

또 한 번의 대전

1

성에서 연병장으로 뛰어온 병사는 숨을 헐떡거리며 놀라운 사실을 전해주었다.

"영, 영주님. 왕, 왕실에서 손님이 오셨습니다."

"왕실에서 손님이 오셨다고? 그게 사실이냐?"

워낙 시골 영지라 그런지 이곳에 왕실 사람이 온 적은 거의 없었다.

렌탈의 기억으로도 자신이 영주에 취임할 때 이후에는 한 번도 없을 정도다.

그나마 그때는 미리 연락을 한 다음에 왔었다.

그런데 오늘은 아무런 조짐도 없다가 갑자기 온 것이다. 그러니 이처럼 놀랄 수밖에…….

"그렇습니다. 한눈에도 엄청나게 귀해 보이는 분이 휘하 기사를 대동하고 방금 전에 오셨습니다. 어서 가보시지요."

"아무래도 총사령관께서도 같이 가봐야 할 것 같소."

"그렇게 하지요."

렌탈 남작은 워낙 예상치 못했던 사람의 방문에 경황이 없었지만 손은 어느 정도 짐작 가는 점이 있었기에 느긋한 모습으로 그의 뒤를 따랐다.

'내 예상대로 두 왕자의 알력 다툼을 이용한 작전이 맞아 떨어진 것 같군. 그렇다면 이제 지난번 전쟁의 대가를 받게 되는 건가? 흐음……. 당장은 나쁘지 않지만 그 이후가 재미있어지겠군. 자신의 심복이었던 단데스의 영지를 빼앗기게 되었으니 그냥 넘어갈 리가 없겠지.'

알고 보니 전쟁 이후 단데스 영지를 요구하게 했던 것도 손이었던 모양이다.

그는 자신의 뜻을 자연스럽게 펼치려면 어느 정도 세력이 필요하다고 생각했었다.

그러기 위해서는 그만한 발판이 있어야 했고 그 첫 번째 수순으로 단데스 영지의 흡수를 계획했던 것이다.

그 일이 아니고서는 왕실에서 사람이 올 리가 없었기에 그는 거의 확신하고 있었다.

"헛! 누가 오셨나 했더니 케니스 자작님 아니십니까? 이거 정말 오래간만입니다."

"여어~ 렌탈 남작. 못 본 사이 신수가 훤해졌군그래. 들리는 소문에 의하면 요즘 자네의 영지가 승승장구한다더니 그게 사실이었던 모양이야. 아무튼 반갑네."

사신으로 온 사람을 보자마자 렌탈의 얼굴에 반색이 어렸다.

케니스 자작은 과거 셋째 왕자 루카스를 함께 따랐던 사람이다.

두 사람은 그전에도 같은 아카데미 출신인 데다가 성향이 비슷했기에 가까웠었다.

그러나 렌탈은 영지를 다스리게 되어 중앙에서 내려왔고 케니스는 왕실에서 일을 해야 했기에 한동안 볼 수가 없던 상황이었다.

그러다 만났으니 이처럼 반가울 수밖에…….

"승승장구는커녕 하마터면 맞아죽을 뻔했습니다. 제 옆에 있는 우리 사령관이 아니었다면 벌써 저세상에 가 있겠지요. 이보시오, 사령관. 이분은 현재 왕실에서 근위대 부총사를 맡고 계신 케니스 자작님이시오. 나와는 막역한 사이라고 할 수 있지. 어서 인사하시오."

"뵙게 돼서 영광입니다. 저는 숀이라고 합니다."

"허허…… 렌탈 남작께서 이렇게까지 극찬을 하며 소개하는 사람이 다 있다니 놀랍군. 혹시 당신이 소드 마스터로 소문난 그 사람 아니오?"

이미 렌탈 영지에 출현한 소드 마스터에 대한 소문이 왕국 전체에 퍼져 있는 상태다.

물론 다들 소문이 와전된 것이라고 여겼지만 그렇다고 소문의 주인공을 무시할 수도 없었다.

어느 정도 대단한 실력이 있지 않고서는 그런 소문이 날 리가 없다고 생각했기 때문이다.

케니스 자작도 그런 사람들 가운데 한 명이었다.

"남들이 그렇게 말하기는 하더군요. 하지만 소문은 소문일 뿐입니다."

"초면에 미안한 부탁이기는 하오만 혹시 솜씨를 구경해 볼 수 있겠소? 지금 내 옆에 있는 기사는 왕실 근위대의 '불새 기사단' 의 단장 마커스요. 이 사람과 검술을 겨루어 보는 것도 괜찮을 것 같은데…… 안 그렇소?"

사람은 누구나 관심 있는 소문은 확인하고 싶은 법이다.

특히 검을 다루는 사람일수록 강자에 대한 소문에는 더욱 그랬다.

그리고 이처럼 예의 바른 대결 신청은 거절하기도 힘들었다.

게다가 칼론 왕국은 기사의 나라인 만큼 이런 경우는 흔하다고 할 수 있었다.

"저기…… 선배님. 그냥 참으시죠. 우리 총사령관은 일단 대결에 응하게 되면 봐주는 법이 없거든요. 멀리서 오셨는데 행여 저쪽 기사 분이 다치기라도 하면 어떻게 합니까?"

"이것 보십시오, 렌탈 남작님. 지금 저를 너무 우습게보고 있는 것 아닙니까?"

렌탈은 진심으로 걱정이 돼서 한 말이었지만 불새 기사단장의 입장에서는 몹시 기분 나쁜 말이었다.

그랬기에 그는 자신이 케니스 자작의 수행 기사로 따라왔다는 것도 잊은 채 버럭 소리를 지르고 말았다.

하긴 신분으로 따져 보면 그와 렌탈 남작은 별 차이가 없었다.

오히려 왕실 근위대 기사의 파워가 더 막강하다고 볼 수도 있었다.

"기분 상했다면 미안하오. 나는 진심으로 했던 말이니 너무 노여워하지 마시오."

"으득……. 좋습니다. 일단 겨루어 보면 남작님의 말이 진심인지 아닌지 알 수 있겠지요. 만약 이곳의 총사령관께서 제게 진다면 그다음은 남작님께서 직접 나서야 할 겁니다. 그건 곧 방금 전 남작께서 저를 모욕했다는 것이 증명된 것일 테니까요."

렌탈은 사과를 한다고 한 것이지만 오히려 그런 그의 말이 기사 마커스의 자존심을 더욱 건드렸다.

아예 노골적으로 마커스가 숀보다 약해서 걱정된다는 말이니 기분 나쁠 만도 했다.

어쨌든 그 바람에 이제 누구도 이 대결을 막을 수 없게 되었다.

"거 그냥 좋게 넘어가려고 했는데 안 되겠군. 이것 보시오, 마커스 씨. 그분은 이곳의 군주요. 당신이 아무리 왕실 근위대 기사라지만 그런 태도는 삼가는 게 좋을 거요."

"하긴 이런 시골구석의 땅도 영지라고 할 수 있겠지. 그렇다면 좋소. 만일 당신이 나를 이긴다면 내 정중히 렌탈 남작님께 사과드리겠소. 하지만 내가 이기면 남작께서도 저와 결투를 하셔야 합니다. 동의하십니까?"

중앙에서 왔다고 거들먹거리는 것 같은 태도가 숀의 기분을 건드렸다.

전생의 그였다면 그 순간 곧바로 주먹이 날아가 반쯤 죽여 놓았겠지만 지금은 일단 참았다.

어차피 대결을 하게 되었으니 그때 혼을 내줘도 충분하다고 생각했기 때문이다.

이런 숀의 생각을 알 수 없는 마커스는 못을 박듯 이런 결론을 내렸다.

"그럴 필요 없이 당신이 지든 이기든 나는 무조건 당신과 결투할 의사가 있소. 얼마나 대단한 실력을 가지고 있는지 궁금하구려."

"이것 보게, 렌탈. 너무 화내지 말게. 원래 왕실 근위대 사람들은 자존심이 강하지 않겠는가. 괜히 내가 쓸데없는 말을 꺼내서 분위기만 망친 것 같아 미안하이."

마커스의 도발에 렌탈도 화가 났는지 이렇게 말했다.

그도 아직은 피 끓는 기사 아니겠는가.

그러자 싸움의 주범이라고 할 수 있는 케니스 자작이 미안한 얼굴로 사과했다.

그렇다고 마커스를 혼내줄 수도 없었다.

그가 비록 근위대 부총수라지만 근위대의 핵심이라고 할 수 있는 불새 기사단장을 외부인 앞에서 나무랄 수는 없었기 때문이다.

"선배님 잘못이 아닙니다. 그리고 이건 정당한 결투이니 나쁘게 볼 일도 아니지요. 기왕 이렇게 된 거 당장 연병장으로 나갑시다. 그렇지 않아도 오늘 우리 영지에서 모의전투가 있었기 때문에 관람객들은 충분하거든요."

"사람들이 많다면 더 잘됐네요. 그들이 믿고 있는 소드 마스터의 실체가 드러날 테니까요."

결국 렌탈 영지의 모의전투 행사가 완전히 끝나기도 전에 병사들을 흥분시킬 만한 또 하나의 대결은 이렇게 성사되었다.

2

갑자기 왕실에서 사람이 찾아왔다는 소리를 듣고 렌탈 남작과 숀이 관사 안으로 들어가자 남아 있던 기사 대장 벨룸은 병사들을 그 자리에서 쉬게 하였다.

영주가 해산하라는 명령을 하지 않았으니 당연했다.

"멀린 마법사님. 혹시 왕실에서 사람들이 왜 왔는지 짐작 가시는 일 없습니까?"

"글쎄요……. 안으로 들어가실 때 총사령관님께서 미소 짓고 있는 것을 보면 나쁜 일은 아닌 것 같은데 무슨 일인지는 나도 잘 모르겠소. 곧 무슨 일인지 알려주겠지요."

오늘의 행사로 인해 모든 병사들이 연병장에 집결해 있는 상황만 아니었다면 벨룸이나 멀린도 같이 들어갔을 터였다.

그러나 그들마저 안으로 들어가면 병사들과 기사들을 통제하기가 힘들어질 수 있기 때문에 이곳에 남아 있었던 모양이다.

벨룸이 볼 때 멀린 마법사는 워낙 숀과 가까웠기에 그라면 뭔가 알고 있지 않을까 싶어서 이런 질문을 던졌던 것이다.

그의 예상대로 멀린은 짐작 가는 부분이 있었지만 일부러 모르는 척했다.

자신이 이야기할 만한 내용은 아니라고 판단한 탓이다.

"대장님, 우리 계속 이렇게 앉아 있어야 하나요? 방금 전 보니 아버지께서 관사 쪽으로 가시던데 무슨 일이죠?"

"아직 저도 잘 모릅니다. 단지 영주님께서 들어가실 때 대기하라고 하셨으니 기다릴 수밖에요. 불편하시면 아가씨 먼저 쉬셔도 괜찮습니다."

두 사람이 이런 대화를 나누고 있을 때 내내 병사들과 함께 섞여 있던 파비앙이 다가와 이런 질문을 던졌다.

시합하는 동안 워낙 집중을 한 데다가 긴장까지 해서 그런지 빨리 쉬고 싶었던 모양이다.

아무리 제2전투부대 소속으로 모의전투에 임했다지만 어쨌든 그녀는 영주의 딸이다.

그랬기에 벨룸도 이렇게 대답할 수밖에 없었다.

"아니, 됐어요. 궁금해서 물어본 것뿐이지 혼자 쉬겠다고 온 건 아니거든요. 다시 자리로 돌아갈 테니 신경 쓰지 마세요."

"아, 네……."

불과 몇 달 전만 해도 그저 작고 연약한 소녀일 뿐이었다.

그러나 전쟁 이후 그녀는 정말 많이 달라져 있었다.

비록 아직 어리기는 하지만 어느덧 그녀에게서는 전사의 기운이 느껴질 정도다.

그것도 도도하고 아름답기 그지없는 그런 전사 말이다.

그래서인지 그녀의 똑 부러진 말에 벨룸은 그저 '네' 라고 대답하는 것이 고작이었다.

그러면서도 그의 시선은 그녀에게서 떨어질 줄을 몰랐다.

"이것 보시오. 기사대장님."

"네넷?"

그런 모습을 지켜보던 멀린이 약간은 불쾌하다는 투로 벨룸을 불렀다.

벨룸의 입장에서는 괜히 가슴이 철렁한 느낌이다.

"뭘 그렇게 보고 있는 거요? 설마 파비앙 아가씨는 아니겠지요?"

"그, 그럴 리가요. 이런, 내 정신 좀 봐. 병사들에게 해줄 말이 있었는데 깜박했네요. 저, 얼른 다녀오겠습니다."

벨룸도 아직 총각이다.

그러니 파비앙처럼 파릇파릇하고 아름다운 처자에게 어찌 무관심할 수 있으랴.

멀린도 그 점은 이해할 수 있었다.

단지 자신의 주인이 그녀에게 특별한 마음을 가지고 있다는 것이 문제였을 뿐…….

그랬기에 엄한 말투로 이렇게 묻자 벨룸은 얼른 꼬리를 내리며 핑계와 함께 자리를 피했다.

그리고는 아무 죄도 없는 병사들에게 잔소리를 퍼부었다.

"정말 파비앙 아가씨는 여자인 제가 봐도 너무 예쁘게 성장하신 것 같아요. 남자라면 누구라도 시선을 뗄 수 없겠죠."

"그건 총수님도 마찬가지 아닙니까? 사령관님께서 들어가시자마자 면사를 내리셨으니 망정이지, 만일 본 얼굴을 보이셨다면 저 인간은 상사병이 걸렸을걸요?"

벨룸이 사라지고 나자 이번에는 소피아가 다가와 말을 걸었다.

그녀 역시 숀과 렌탈이 급히 들어간 이유가 궁금했지만

어느 정도 짐작은 되었기에 언급하지 않고 있었다.

대신 파비앙의 미모가 부럽다는 듯 감탄을 했다.

멀린의 입장에서는 어이가 없는 상황이다.

미모로만 본다면 오히려 뇌쇄적인 관능미까지 갖추고 있는 소피아가 한 수 위라고 생각했기 때문이다.

"호호… 말씀이라도 그렇게 해주셔서 감사해요. 다른 사람도 그렇게 생각해 주면 좋으련만……."

"다 그렇게 생각할걸요? 저는 지금까지 총수님보다 아름다운 사람은 본 적이 없습니다. 어떨 때는 정말 사람인지 헷갈릴 정도니까요."

멀린의 칭찬에 소피아의 눈빛이 자연스럽게 관사 쪽을 향했다.

방금 그쪽으로 간 숀도 그런 생각을 해주면 얼마나 좋을까 싶은 생각이 든 탓이다.

다른 사람들이 아무리 자신을 찬양하고 좋아한다 해도 소용없었다.

그녀는 오직 단 한 사람만 자신을 좋아해 주기를 바랐다.

"어머, 다시들 나오시네요? 두 분 외에 또 다른 사람도 함께 나오는 것을 보니 손님인 모양이군요."

"아마 왕실 사람들일 겁니다. 그런데 왜 연병장까지 나오는 것인지 모르겠군요."

마침 관사 쪽을 보고 있었기에 그들의 등장을 소피아가 가장 먼저 발견했다.

그러자 멀린도 그것을 보고는 고개를 갸웃거렸다.

왕실에서 온 손님들까지 대동하고 연병장으로 나오는 것은 뭔가 부자연스러웠던 모양이다.

"이곳 영지군들의 위용을 과시하려고 그러는 것 아닐까요? 확실히 전쟁 전과 비교해 보면 엄청난 발전이 있었잖아요. 충분히 자랑할 만하죠."

"글쎄요…….기다려 보면 알겠지요."

두 사람이 서로 이런저런 추측을 하고 있는 동안 어느덧 렌탈 남작의 일행들이 도착했다.

"멀린 마법사님. 아직 마법 확성기 쓸 수 있겠소?"

"잠시만요. 지금 바로 켜겠습니다."

렌탈은 단상 앞에 도착하자마자 멀린에게 이렇게 물었다.

마법 확성기는 적기는 해도 마나의 기운으로 작동되는 것이라 계속 켜놓을 수는 없었다.

하지만 필요할 때는 멀린이 슬쩍 마나를 주입하는 것으로 바로 사용할 수 있었기에 그다지 불편하지는 않았다.

그가 없을 때도 마나석을 끼워 넣으면 사용할 수는 있겠지만 워낙 고가라 그런 장치는 할 수 없었다.

"다들 기상!"

"기상!"

"오늘 우리 영지에 귀한 손님들이 오셨다. 지금 본인의 좌측에 계신 분은 현 왕실 근위대 부총사를 맡고 계신 케니스 자작님이시다. 그리고 그 곁에 있는 분은 역시 왕실 근위대 '불새 기사단' 단장님이신 기사 마커스 님이시다. 모두 환영해 주기 바란다."

"잘 오셨습니다!"

"진심으로 환영합니다!"

렌탈은 우선 왕실에서 온 사람들을 소개했다.

그렇게 인사가 끝나고 나자 그는 다시 마법 확성기를 붙잡고 입을 열었다.

"현재 우리 왕국에서는 여러분의 총사령관님에 대한 소문이 분분하다. 오늘 오신 손님들도 그 소문의 실체를 궁금해 하시다가 직접 확인해 보기로 하셨다. 덕분에 여러분은 지금 엄청난 고수들의 검술을 보게 될 것이다."

"와아아아~!"

"영광입니다~!"

렌탈의 말이 끝나기 무섭게 연병장이 떠나갈 정도로 큰 함성이 터져 나왔다.

하긴 손의 검술을 볼 수 있다는 것만 해도 얼마나 큰 행

운이겠는가.

그렇게 사소한 이야기로 시작된 대결은 생각보다 큰 환호를 받으며 펼쳐지게 되었다.

3

병사들은 연병장을 빙 둘러서 앉았다.

조금 전까지만 해도 이곳에서 자신들이 싸웠었는데 이제는 관전 모드로 돌변한 것이다.

“오늘 정말 운이 좋네요. 총사령관님의 검술을 보게 되다니……. 암만 생각해 봐도 오길 잘한 것 같아요.”

“허허……. 너무 큰 기대는 하지 마십시오. 괜히 실망할지도 모릅니다.”

소피아는 멀린과 함께 특별석으로 돌아갔다.

그곳이 가장 잘 보이는 자리였으니 당연했다.

그녀는 자리에 앉자마자 눈빛을 빛내며 들뜬 목소리로 한마디 했다.

그러나 멀린은 그녀와는 전혀 다른 말을 했다.

얼핏 들으면 마치 숀이 밀린다고 오해할 수 있는 발언 같았다.

“그게 무슨 말씀이세요? 설마 총사령관님께서 불리할 거라고 생각하시나요?"

"총사령관님이 불리할 거라고요? 지금 농담하십니까? 제 말은 너무 간단하게 끝날 수도 있을 것 같아 그런 겁니다. 어른과 아이의 싸움만도 못할 걸요?"

"아…… 그럴 수도 있겠네요."

그녀가 앉아 있는 특별석과 단상은 거리가 가깝다.

마나를 익히고 있는 사람이라면 이 정도 목소리는 쉽게 들을 만했다.

그리고 실제로도 두 사람의 대화를 듣고 왠지 기분이 껄끄러워지고 있는 사람이 있었다.

바로 케니스 자작이다.

"이것 보게, 렌탈. 자네의 저 총사령관이라는 사람이 그렇게 강한가? 솔직히 나는 만나기 전까지는 소문만큼은 아니더라도 어느 정도 실력자라고 생각하기는 했다네. 하지만 막상 만나고 나서는 크게 실망할 수밖에 없었지."

"어째서요?"

"소드 마스터로까지 소문난 사람에게 마나의 기운을 전혀 느낄 수 없으니 당연한 것 아니겠는가? 아마 저기 나가 있는 마커스 경도 그 때문에 더욱 흥분한 것인지도 모르네."

케니스도 명색이 왕실 근위대의 부총사다.

그 자리는 절대 실력 없이 올라갈 수 있는 자리가 아니었다.

실제로 그는 소드 익스퍼트 중급의 마지막 단계에서 상급으로의 진입을 앞두고 있는 강자로 유명했다.

중급이라고 다 같은 중급은 아닌 것이다.

실력으로만 따져 본다면 왕국을 통틀어 세 손가락 안에 들어갈 정도였다.

그런 그가 상대의 마나 여부를 알아보지 못할 리 없었다.

그는 처음 숀을 보자마자 그것부터 체크해 보았지만 전혀 감지하지 못했던 것이다.

"우리 총사령관은 마나를 자유자재로 다루는 사람입니다. 때문에 평소에는 그 누구도 그의 마나 상태를 알아볼 수가 없지요. 하지만 싸움에 돌입하게 되면 달라집니다. 특히 이번 전쟁 때 그가 보여준 검술은 그야말로 환상적이었지요. 소문은 오히려 과장된 것이 아니라 축소되었던 겁니다. 이런 이야기도 선배님이시니까 해드리는 겁니다. 무슨 말인지 아시겠죠?"

"그, 그럴 수가……. 자네가 아니었다면 크게 화를 냈을 만큼 믿기 힘든 이야기로군. 그게 만일 사실이라면 앞으로 자네에게 더욱 잘 보여야겠군. 예전부터 좋아했던 아우이기는 하지만 셋째 왕자님께서 사라진 이후로 우리 사이가 소원해진 것은 사실 아니던가."

손과 마커스가 대결 준비를 하고 있는 동안 두 사람은 이런 대화를 나누고 있었다.

사실 렌탈이 케니스에게 이런 말을 해주는 것에는 다 이유가 있었다.

목적이 없다면 손의 비밀을 누설할 리 없다.

아직은 대놓고 세상에 알릴 이야기는 아니지 않는가.

"만일 셋째 왕자님께서 살아 계신다면 어쩌시겠습니까?"

"예끼! 이 사람. 농담이라도 그런 말은 하지 말게. 돌아가신 분에 대한 예의가 아닐세."

"우리 둘만의 이야기라 하는 겁니다. 가정일 뿐이지만 선배님의 마음을 알고 싶어서 그래요."

왕국 내의 귀족들 간에 셋째 왕자에 관한 이야기를 하는 것은 벌써 오랫동안 금기시되어 왔다.

다들 그가 죽었다고 생각해서 그런 것도 있지만 첫째 왕자나 둘째 왕자의 기세가 너무 높아진 탓도 있었다.

그래서인지 케니스 자작도 정색을 하며 이런 반응을 보인 것이다.

"과거에도 그랬지만 그분이 정말 살아 계신다면 당연히 그분을 따르겠지. 그분은 다른 왕자님들과 달리 진심으로 왕국민을 위했던 분 아니던가. 목숨도 걸 만한 가치가 있는 분이라고 생각했었네."

"역시 선배님은 변함이 없으시군요. 오늘 시합이 끝나고 나면 단둘이 거나하게 한잔하는 것이 어떻겠습니까? 모처럼 선배님과 허심탄회하게 이야기 나누고 싶네요."

이미 숀과 함께 세력을 규합하기로 했던 렌탈이다.

그 가운데 포섭 일 순위가 바로 케니스 자작이었다.

그를 포섭하게 되면 셋째 왕자 루카스를 따르던 과거의 세력을 더욱 손쉽게 끌어들일 수 있기 때문이다.

그런 상황에서 갑자기 그가 나타난 것이라 렌탈은 이게 운명이라고 여길 정도였다.

"그거 좋은 생각이네. 나 역시 믿을 만한 사람과 마음 편하게 대화 나눠본 지 오래되었거든. 가만, 드디어 준비가 끝난 모양이군. 이거 괜히 내가 더 긴장되는 것 같네. 처음에는 자네의 사령관이 무조건 질 거라고 생각했었는데 아무리 봐도 그리 만만하지는 않을 것 같거든."

"솔직히 말씀드리면 이번 대결은 싱거울지도 모른다는 생각이 듭니다. 이유는 보시면 알겠지만요."

케니스의 말에 렌탈이 이렇게 대꾸했다.

희한하게도 그의 대답과 아까 멀린이 했던 대답은 거의 똑같았다.

그는 케니스를 신경 쓰느라 두 사람의 대화를 듣지도 못했었다.

그 점을 깨달은 케니스가 급히 다시 물었다.

"자네의 총사령관이 너무 쉽게 이겨서 그런 것인가?"

"어라? 그건 어떻게 아셨죠?"

"후우……. 일단 두고 보면 알겠지. 자네의 말이 맞는지 틀리는지 말이야. 어차피 이제 곧 시작할 것 같네."

케니스의 말이 떨어지자마자 두 사람의 대결을 주관하게 된 기사대장 벨룸의 목소리가 들려왔다.

"그럼 지금부터 숀 총사령관님과 마커스 단장님의 대결을 시작하겠습니다! 두 분은 앞으로 나오셔서 인사 나누십시오."

벨룸의 말에 숀과 마커스가 연병장 중앙으로 나왔다.

그런데 두 사람의 모습은 완전히 상반되어 보였다.

숀은 가벼운 레더 갑옷을 입고 있었고 마커스는 풀 플레이트 아머에 투구까지 착용한 상태다.

가슴에는 대마법진까지 그려져 있는 최신 고급형이다.

"잘 부탁하오."

"나도 잘 부탁하오만 정말 그 복장으로 대결에 임해도 후회하지 않겠소?"

기껏 준비해서 나와 봤더니 숀은 마치 어디 놀러 가려는 사람 같은 차림새다.

그것을 보는 순간 마커스는 더욱 화가 치밀었다.

무시당하는 기분이 들어서다.

그래서인지 숀을 노려보는 눈에 더욱 힘을 실으며 이렇게 물었다.

"훗! 그야 싸워보면 알겠죠."

"으드득……. 당연히 그렇겠지요. 하지만 절대 봐주는 일은 없을 테니 최선을 다하시오."

결국 숀은 그렇지 않아도 화가 나 있는 마커스의 분노에 불까지 질렀다.

그리고 그 순간 마침내 벨룸의 신호가 떨어졌다.

"시작하십시오!"

"와아아아~!"

모두가 흥분한 가운데 기대감이 더욱 높아지는 순간이다.

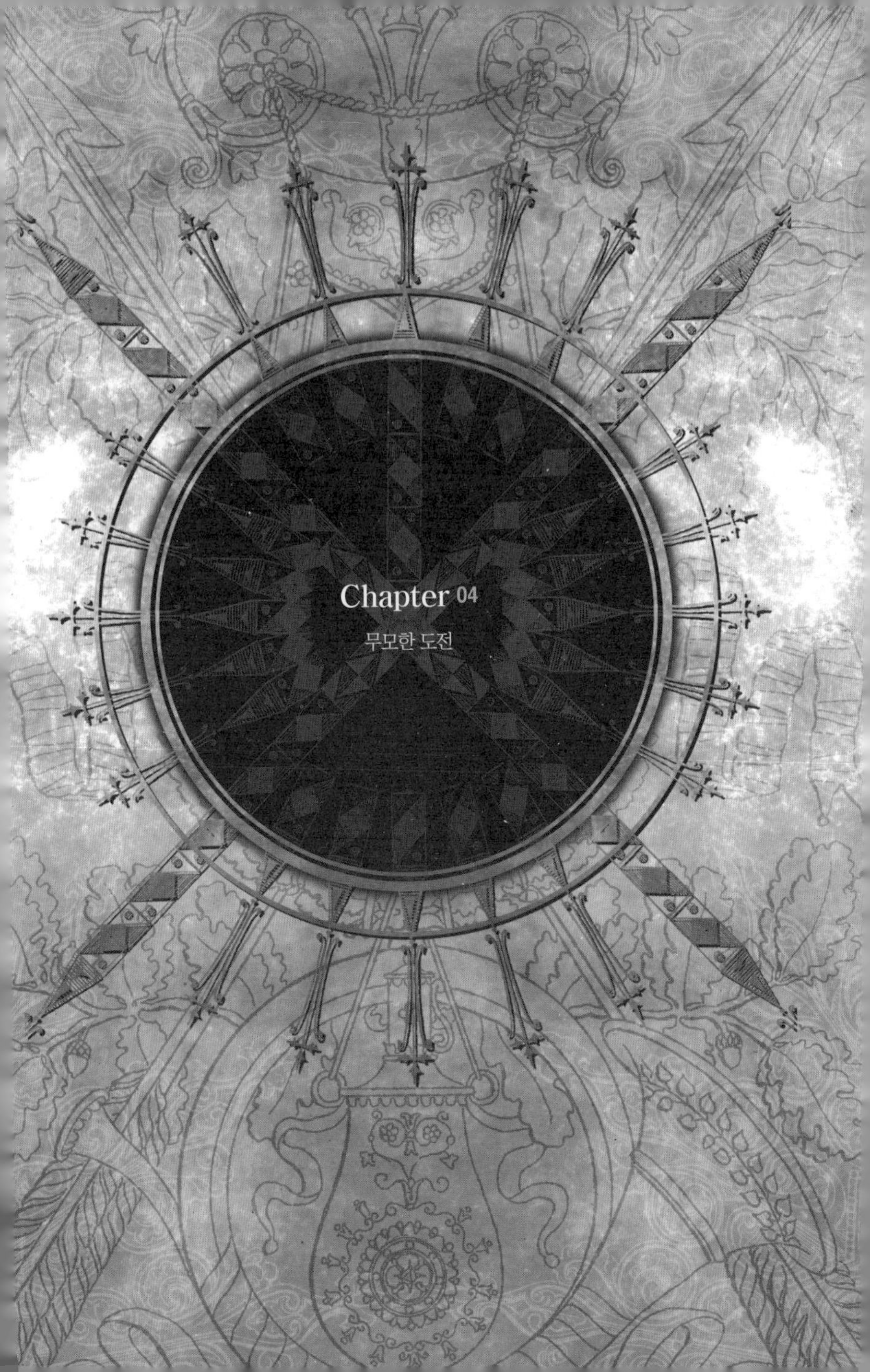

Chapter 04

무모한 도전

1

연병장에 심상치 않은 기류가 흐르고 있을 때 관사의 뒤편에 있는 마당에서는 꼴라가 끼루를 괴롭히고 있었다.

요즘 손이 워낙 바쁜 바람에 자신과 잘 놀아주지 않자 심술이 난 모양이다.

—갸르릉~ 갸릉~!

—끼야아아아~~! 끼룩끼룩…….

끼루도 전설의 몬스터다. 스톰 와이번은 오우거 열 마리가 달려들어도 이길 수 없을 만큼 강력한 존재였지만 꼴라 앞에서는 그야말로 고양이 앞의 쥐 신세일 뿐이었다.

그래서인지 도망도 가지 못한 채 자꾸만 이리저리 얻어맞고만 있었다.

만일 이때 구세주(?)가 나타나지 않았다면 더욱 비참해질 상황이었다.

"이봐요! 왜 자꾸 끼루를 괴롭히는 겁니까? 당장 그만두지 못해요!"

―갸릉…….

끼루의 구세주는 요즘 들어 부쩍 철이 들고 있는 마하엘이었다.

그도 조금 전까지는 연병장에서 모의전투를 구경했었지만 시합이 끝나자 끼루가 자꾸 눈에 밟혀 얼른 관사로 돌아오던 중이었다.

사실 원래대로라면 아무리 마하엘이라 해도 감히 꼴라에게 대들 수는 없었다.

인간이라고 해서 봐줄 만큼 꼴라는 순진하지 않은 탓이다.

마하엘도 그런 꼴라를 은근히 두려워했고 말이다.

오죽하면 아직도 말을 놓지 못할 정도였겠는가.

그러나 손이 바빠지면서 상황은 달라졌다.

"앞으로 당분간은 마하엘의 말을 잘 따라야 한다. 만일 마하엘에게 대들거나 함부로 개긴다거나 하면…… 그날로 죽는다. 알겠지?"

끄덕끄덕끄덕…….

지금까지 꼴라가 숀과 생활해 오면서 뼈저리게 느낀 것이 하나 있었다.

그건 바로 이 인간은 한 번 한다면 하는 지랄 같은 성격을 가지고 있다는 점이다.

처음에는 그것을 잘 몰라 가끔 개기기도 했었는데 돌아온 것은 처절한 응징뿐이었다.

영물인 꼴라는 인간 이상으로 반복 학습 효과가 빠른 녀석이다.

그때 이후로는 숀과 장난을 치다가도 그가 하지 말라는 일은 절대 하지 않았다.

그리고 그것은 오늘날까지 마찬가지였다.

일단 숀이 마하엘에게 복종하라고 한 이상 무조건 지켜야했다.

어차피 이런 상황이 오래가지 않는다는 것도 알고 있는데 굳이 명령을 어길 이유도 없었다.

그랬기에 방금도 막 끼루의 머리통을 치려던 손을 슬그머니 내렸다.

그리고는 한쪽 구석으로 이동하더니 풀이 죽은 모습으로 귀까지 축 늘어트린 채 쪼그리고 앉았다.

그야말로 불쌍함의 극치다.

파다다닥~ 덥썩! 부비부비~

—꺄울~

"하하하! 그래, 알았다. 알았으니 이제 그만해. 간지럽잖아."

—꺄꺄~

꼴라는 불쌍했지만 반대로 끼루는 신이 났다.

녀석은 눈치가 빤한지라 꼴라가 구석으로 가자마자 마하엘에게 날아들더니 온갖 애교를 부렸다.

꼴라의 입장에서는 몇 대 쥐어박고 싶은 모습이다.

"가, 가만……. 그런데 너 지금 방금 날아서 온 거지? 맞지? 날아서 나에게 온 거잖아!"

—끼루룩~!

끄덕끄덕끄덕…….

그런 끼루의 애교에 마냥 즐거워하던 마하엘이 갑자기 정색을 하며 이렇게 물었다.

조금 전 끼루가 그에게 달려들 때 짧은 거리기는 해도 분명 날았다는 점이 생각난 것이다.

태어나자마자 엄청난 힘과 능력을 보여준 끼루였지만 아

직 날지는 못하고 있었다.

하긴 아무리 영물이라 해도 알에서 깨어난 지 이제 겨우 두 달인데 벌써 난다는 게 더 이상한지도 모른다.

그랬기에 그 누구도 그것을 이상하게 생각하지는 않았었다.

하지만 마하엘의 질문에 끼루는 그렇다는 듯 고개를 끄덕였다. 그건 곧 진짜로 날았다는 뜻 아니겠는가.

"와아~ 우리 아에 나가서 다시 확인해 보자. 응?"

—끼루~!

마하엘의 말이 떨어지기 무섭게 끼루가 크게 소리 질렀다.

인간으로 치면 환호성을 지르는 것 같은 투다.

그러자 마하엘도 기분이 더 좋아졌는지 다시 밖으로 달려 나가려고 했다.

그러나 바로 그때 그의 눈에 구석에서 애처롭게 앉아 있는 꼴라가 들어왔다.

"꼴라 씨도 갈래요?"

끄덕끄덕…….

"훗! 좋아요, 그럼 어서 같이 가요."

쪼르륵~!

그 모습이 안쓰러웠는지 마하엘이 꼴라에게 이렇게 말을

걸자 녀석은 얼른 고개를 끄덕거렸다.

그리고는 마하엘의 손짓에 번개처럼 다가갔다.

그만큼 요즘 심심했던 모양이었다.

"어라? 아직도 연병장에 사람들이 모여 있네? 그럼 우리는 뒷산으로 가는 게 낫겠다. 괜히 사람들 많은 데서 실수라도 하면 망신이잖아. 그렇지?"

끄덕끄덕…….

꼴라나 끼루는 비록 말은 하지 못했지만 사람의 말귀를 무척 잘 알아들었다.

그랬기에 마하엘은 이들과 대화 나누는 것이 전혀 불편하지 않았다.

이처럼 고개를 끄덕이거나 가로젓는 것만으로도 충분한 소통이 되었기 때문이다.

어쨌든 원래는 넓은 연병장에서 끼루의 공식 비행을 보고 싶었지만 그 생각은 접어야 했다.

모의전투가 끝났는데도 병사들이 연병장을 떠나지 않고 있으니 어쩔 수 없었다.

렌탈 영지의 배후에 넓게 펴져 있는 산은 경사가 완만하면서도 탁 트여 있었다.

마하엘과 몬스터들은 이 산의 중턱쯤에서 걸음을 멈추었다.

"휴우……. 이쯤이 좋겠구나. 여기는 바위가 많아서 그런지 시야도 넓고 괜찮은 것 같네. 너도 좋지?"

끄덕끄덕…….

끄덕끄덕…….

"하하! 꼴라 씨도 좋아 보이네요, 자, 그럼 끼루야! 어디 한번 멋지게 날아보렴."

휘익~

끼루를 보며 질문했지만 꼴라가 먼저 열심히 고개를 흔들었다.

녀석도 이곳이 마음에 들었던 모양이다.

그 모습이 어찌나 귀여워 보이는지 마하엘도 환하게 웃을 수밖에 없었다.

그리고 곧 끼루를 안아 들더니 앞으로 힘차게 내던졌다.

펄럭~펄럭~ 휘청~

"앗! 조심해!"

그러자 끼루는 아래로 떨어지지 않기 위해 있는 힘껏 날갯짓을 했다.

하지만 아직 익숙하지 않아서 그런지 녀석은 많이 위태로워 보였다.

그것을 보고 마하엘은 진땀을 다 흘릴 정도다.

펄럭펄럭 펄럭! 씨잉~~!

"해냈구나! 멋지다, 끼루야!"

—끼루룩~~!

하지만 곧 끼루는 더욱 세찬 날갯짓을 하더니 어느 순간 힘차게 날아올랐다.

일단 그 이후부터는 자신이 생겼는지 녀석은 곡예를 하듯 사방으로 선회하며 멋진 비행을 선보였다.

그 모습을 보던 마하엘은 마치 자신이 성공한 것처럼 감격한 표정으로 엄지손가락을 치켜세우며 끼루를 칭찬했다.

—갸룽, 갸룽~갸르룽…….

아까 그렇게 끼루를 괴롭혔던 꼴라도 기뻤는지 함께 꼬리를 흔들며 좋아했다.

끼루가 허공을 날 수 있게 된 것은 큰 의미가 있었다.

이때부터 끼루의 진정한 능력이 발휘될 수 있는 것이다. 그게 어떤 것인지는 아직 알 수 없었지만…….

2

마커스의 현재 검술 실력은 소드 익스퍼트 중급 마스터다.

하지만 이 기준은 마나의 활용도에 따른 것이기 때문에 이것만으로 실력을 판단할 수는 없었다.

같은 중급 마스터라 해도 얼마나 많은 실전을 해보았느냐에 따른 변수가 작용하기 때문이다.

그런 측면에서 본다면 마커스는 큰 자신감이 있었다.

그는 그야말로 무수히 많은 실전 경험을 쌓아왔던 것이다.

'건방진 애송이 놈……. 촌놈들이 좀 띄워주었다고 기고만장해 있다 이거지? 어디 오늘 제대로 혼나봐라. 내 단단히 네놈의 콧대를 주저앉혀 주마.'

대결이 시작되기 직전 마커스는 이런 생각을 하고 있었다.

그가 소드 마스터로 소문난 숀을 앞에 두고도 이런 자신감을 가질 수 있는 이유는 크게 두 가지다.

하나는 몇 번을 짚어보아도 숀에게서는 소드 마스터 특유의 무시무시한 마나가 전혀 느껴지지 않는다는 점이다.

그리고 또 하나는 숀의 나이였다.

기껏해야 이십대 초반밖에 되지 않은 사람이 자신보다 월등한 실력을 가지고 있을 수는 없다고 생각했다.

당연한 것이 검술은 아무리 천재라고 해도 발전할 수 있는 한계가 있었다.

태어나서부터 검을 수련해 왔다고 해도 익스퍼트 중급에 도달하려면 이십대 중반은 넘어서는 것이 상식이다.

설혹 손이 희대의 천재라서 벌써 중급에 도달해 있다고 해도 자신의 실력을 넘어설 수는 없었다.

그러니 자신만만할 수밖에…….

"내가 그래도 당신보다 한참 연배인 것 같으니 기회를 한 번 주겠소. 당신이 먼저 공격하시오."

대결을 알리는 신호가 떨어지자마자 마커스는 바로 전투 자세를 취하며 손에게 선공을 양보했다.

실력자들의 대결에서 선공을 양보한다는 것은 자살행위다. 그런데도 여유를 부리는 것은 그만큼 손을 아래로 본다는 뜻이었다.

"훗, 그건 안 될 말이오. 손님을 모셔놓고 공격할 기회조차 주지 않는다면 남들이 욕할 거요. 차라리 이렇게 합시다. 내가 당신에게 세 번의 기회를 양보해 주겠소. 그때를 잘 이용해 보시오."

"뭣이! 세 번을 양보해 주겠다고? 당신 혹시 제정신 맞소?"

하지만 역시 손의 말발은 그보다 한 수 위였다.

마커스가 상대의 기선을 제압하기 위해 양보를 했다면 손은 아예 그의 정신 줄을 놓게 만들어 버렸던 것이다.

실제로 마커스는 얼마나 화가 났는지 얼굴이 다 시뻘게져서 검을 잡고 있는 손이 부들부들 떨릴 정도였다.

“말 몇 마디에 흥분하는 것을 보니 세 번도 적은 것 같구려. 다섯 번 양보해 드리리다.”

“이, 이…… 후우……. 정말 대단한 입심이로군. 하마터면 말려들 뻔했어. 이것 보시오. 사령관. 우리 장난 그만하고 제대로 싸워봅시다. 아까 내가 했던 말은 진심이니 어서 공격하는 게 좋을 거요.”

보통의 기사였다면 이쯤에서 완전히 이성을 잃어버리고 코뿔소처럼 씩씩거리며 달려들었을 것이다.

그러나 마커스는 놀랍게도 그것을 참아내며 크게 심호흡을 하였다.

숀의 이번 말에 오히려 이성을 되찾은 것 같았다. 그 모습을 보며 숀도 의외라는 표정을 지었다.

‘불새 기사단장이라고 했던가? 어느 왕자 편인지는 몰라도 약간은 쓸 만한 자로군. 만일 그 어느 편도 아니라면 끌어들일 만하겠어. 그럴 때를 대비해서라도 오늘은 쓴맛을 좀 보여주어야겠군.’

어차피 숀이 볼 때는 대륙의 기사들 실력은 오십보백보였다.

소드 비기너나 소드 마스터나 그의 일수를 막을 수 없는 것은 마찬가지 아니겠는가.

그렇기에 그는 기사들의 실력보다는 정신 상태를 더 중

요하게 생각해 왔다.

밤그림자의 경비병이었던 카를이 중책을 맡게 된 것을 보면 그의 사고방식을 알 수 있었다.

"진짜 내가 먼저 공격해도 괜찮겠소? 후회할 텐데?"

"걱정 말고 어서 공격하란 말이……."

쉬익~!

"……."

약이 오른 마커스가 버럭 소리를 지르는 순간 갑자기 숀의 모습이 사라졌다.

관전을 하고 있던 사람만 해도 근 팔백여 명이나 되었지만 그가 대체 어떻게 그 짧은 순간에 사라졌다가 마커스의 코앞에 나타난 것인지 보지 못했다.

하지만 지금 이 순간 숀은 마커스 앞에 서 있었으며 그의 검은 마커스의 목덜미에 대어져 있었다.

그야말로 눈 깜짝할 사이에 승부가 결정 난 것이다.

"저, 저, 저럴 수가……. 이것 보게, 렌탈. 자네는 보았는가?"

"저는 그런 능력이 없습니다. 그래서 제가 진작 그랬잖습니까? 실망하실지도 모른다고……. 이처럼 승부가 순식간에 끝날 것 같아서 그런 말을 했던 겁니다."

워낙 모든 사람들이 놀란 상황이라 장내에는 침묵이 뒤

덮고 있었다.

그랬기에 너무 기가 막혀서 말까지 더듬고 있는 케니스 자작과 렌탈 남작의 대화 소리가 연병장 전체에 들릴 정도다.

"이, 이럴 수가……. 당신 방금 무슨 짓을 한 거요?"

"먼저 공격하라고 해서 그대로 한 것뿐이오. 왜? 억울하시오?"

"이건 말도 안 되오. 무슨 수작이 있었던 게 분명하오. 어찌 사람이 그렇게 빨리 움직일 수 있단 말이오?"

하지만 가장 어처구니가 없었던 사람은 목에 칼을 대고 있는 마커스였다.

그는 바로 코앞에서 지켜보았지만 숀이 언제 움직인 것인지 전혀 알 수 없었다.

때문에 그의 머릿속을 온통 차지하고 있는 생각은 단 한 가지였다.

바로 숀이 사악한 흑마법의 현혹술을 사용했다고…….

그것 말고는 방금 전의 상황을 설명할 길이 없었다.

"사람들은 이상하단 말이야. 자신보다 훨씬 강한 사람도 존재할 수 있다는 것을 왜 생각하지 않을까? 아무리 봐도 억울해하는 것 같으니 다시 한 번 기회를 주겠소. 대신 이번에는 당신이 먼저 덤벼보시오."

"끄응……. 고맙소. 나도 이번만큼은 사양하지 않겠소. 타핫!"

슈우욱~!

숀의 제안에 마커스는 곧바로 공격을 시도했다.

흑마법이든 뭐든 일단 상대의 능력이 대단한 것을 안 이상 망설일 이유는 없었다.

그리고 그의 그런 판단은 현명한 것처럼 보였다.

이번에는 숀이 방심해서 그가 날아드는 모습을 멍하니 보고만 있었기 때문이다.

하지만 결과는 모든 사람의 예상과 전혀 달랐다.

휘릭~퍽!

"크헉!"

우당탕 쿵탕!

분명 마커스의 검이 숀의 목을 스치고 지나가는 것 같았는데 실제로 쓰러진 사람은 어이없게도 그 자신이었다.

게다가 이번에는 조금 전과는 달리 면상을 얻어맞았는지 코피가 터진 채 볼썽사나운 모습으로 처절하게 나동그라졌다.

"……."

"……."

이번에도 사람들은 침묵했다.

그들은 대부분 자신의 눈을 뽑아버리고 싶을 만큼 황당했다.

뻔히 보고 있었는데도 무슨 일이 일어났던 것인지 알 수 없었으니 그럴 만도 했다.

"검 자루로 살짝 친 것뿐이니 엄살 부리지 말고 일어나시오."

"으윽……. 제가…… 졌습니다. 이제야 조금 전에도 어째서 당했던 것인지 알 것 같습니다."

그러나 곧 숀과 마커스의 대화를 통해 방금 무슨 일이 있었는지 어렴풋이나마 알 것 같았다.

마커스의 공격을 숀이 살짝 피하고 오히려 검 자루로 그의 면상을 쳤던 게 분명했다.

그 동작이 워낙 빨라서 아무도 볼 수 없었지만 직접 가격을 당한 마커스는 조금이나마 느꼈던 것이다.

그는 지금 패배했다는 충격보다 숀의 상상도 할 수 없는 실력에 더 큰 충격을 받고 있었다.

이런 실력자가 있으리라는 것은 꿈에서조차 생각해 보지 못했다.

"그래도 당신은 현명하군. 마음에 들어. 앞으로는 눈에 보이는 것만 너무 믿지 않도록 하시오. 마나는 내 생각에 따라 얼마든지 조절할 수 있거든. 알겠소?"

"각골명심하겠습니다."

"와아아아~! 사령관님, 만세!"

"과연 우리의 소드 마스터십니다!"

마커스가 정중하게 고개를 숙이자 동시에 사방에서 함성이 터져 나왔다.

병사들은 다시 한 번 자신들의 총사령관이 얼마나 위대한 사람인지 깨달았던 것이다.

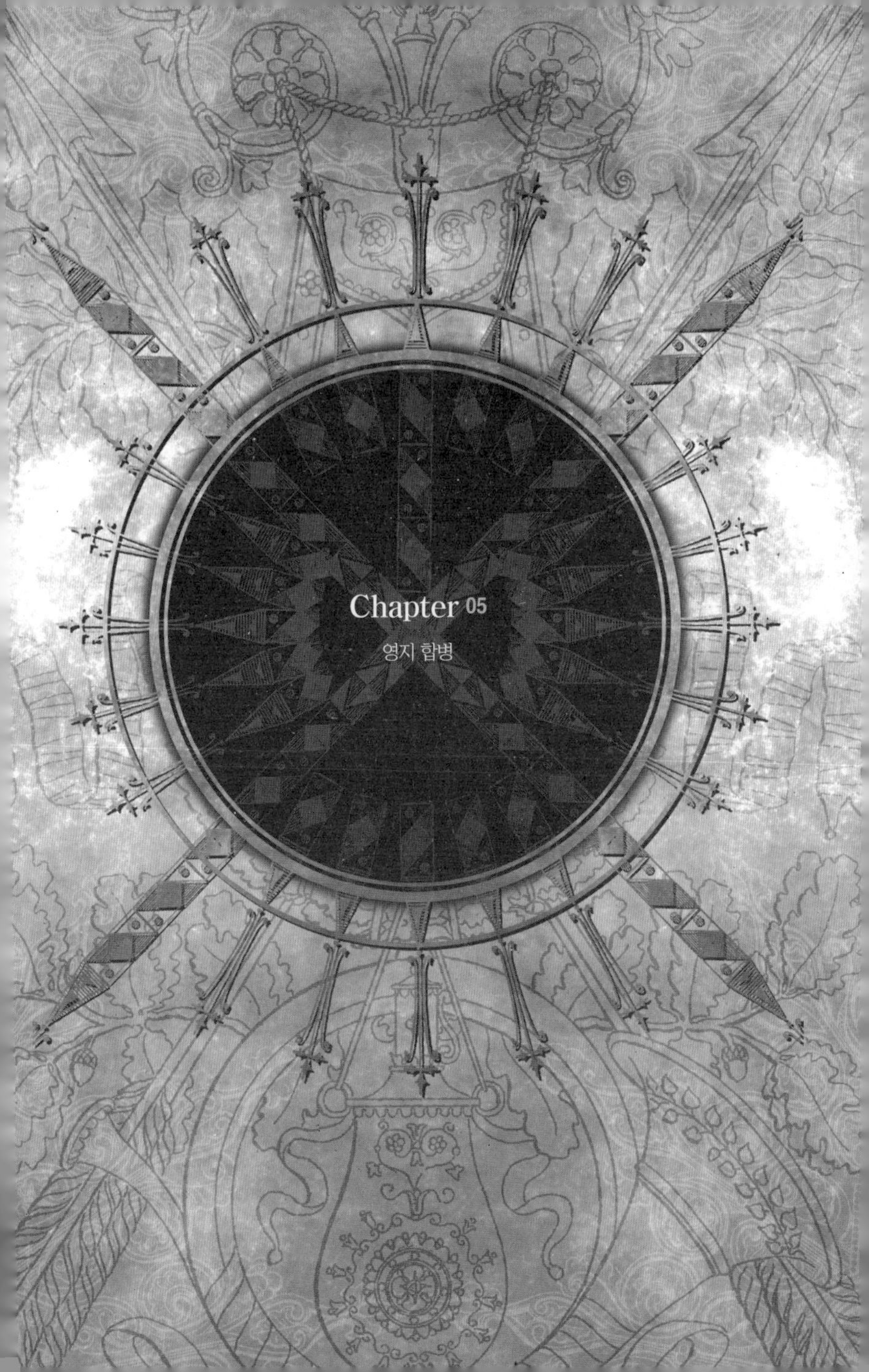

Chapter 05

영지 합병

1

숀의 실력이 어느 정도 검증된 후라 그런지 다시 렌탈 남작의 집무실에 모인 왕실 사람들의 태도는 확실히 조심스러워졌다.

특히 불새 기사단장 마커스는 숀을 대할 때마다 최대한 공손한 모습을 보이고 있어서 괜히 렌탈 남작의 기분까지 으쓱해지게 만들고 있었다.

"그런데 선배님, 이제 갑자기 이곳까지 오신 이유를 말씀해 주십시오. 궁금합니다."

"그렇지 않아도 아까부터 입이 근질근질해 혼났다네. 워낙 자네에게는 기분 좋은 소식을 가져왔거든. 내가 사신으로 오게 된 것도 자원해서였어. 자네가 잘되는 일이니 모르는 척할 수가 있었어야지."

벌써부터 손은 그가 온 이유를 눈치채고 있었지만 렌탈은 오리무중에 빠지고 말았다.

아무리 생각해 봐도 케니스가 이렇게까지 말할 만한 일이 무엇인지 감이 오지 않았기 때문이다.

애초 왕궁에 상소를 올린 사람은 그였지만 사실 그건 그의 이름을 빌렸을 뿐 실제로는 모든 내용을 손이 작성했었다.

그러니 더 모르고 있을 수밖에…….

"그리 말씀하시면 더 답답해집니다. 그러니 어서 속 시원하게 털어놓아 보십시오."

"자네 영지전을 승리로 이끌고 나서 얻은 게 무엇인가? 전비라도 보상받았는가?"

렌탈의 성화에도 케니스는 대답 대신 이런 질문을 먼저 던졌다.

이 사람이 정말 근위대 부총사인지 아니면 노련한 정치꾼인지 헷갈릴 정도다.

"아직 단데스는 우리 영지에 잡혀 있는 상태입니다. 전비를 받겠다고 그를 풀어주게 되면 또 무슨 짓을 저지를지 알 수 없거든요."

"어허……. 자네 성품상 어느 정도 예상했지만 과연 그랬군. 그래서 아예 영지를 통째로 달라고 상소를 올렸던 것인가?"

"네에? 그, 그게……."

렌탈의 대답을 듣자마자 케니스가 정곡을 찌르고 들어왔다.

렌탈의 입장에서는 경악할 만한 내용이다.

만일 이때 숀의 개입이 없었다면 실수할 수도 있을 만큼 당황한 모습이다.

[아, 내가 깜빡하고 이야기하지 못했습니다. 지난번 이번 전쟁에 대한 보고를 올릴 때 영지전 승리의 대가로 단데스 영지를 달라고 했거든요. 그러니 그냥 그런 척만 하십시오.]

이미 숀의 정체를 알고 있는 렌탈인지라 그의 이런 말에도 발작할 수는 없었다. 어쨌든 그는 자신에게 주군이나 마찬가지 아니던가.

또한 숀의 혜광심어에도 그가 놀라지 않은 이유는 이미 얼마 전에도 그의 이런 능력을 겪어보았기 때문이다.

당시 숀은 멀린에게 마법 음성을 배워서 써먹는 것처럼 이야기했기에 별다른 의심도 없었다.

“어쨌든 그들이 먼저 전쟁을 시작했고 그 때문에 우리 영지의 피해가 컸었으니 당연한 요구라고 생각합니다만……. 그게 문제가 되었습니까?”

“되다마다……. 그 일로 인해 바스티안 왕자님과 크리스티안 왕자님의 신경전이 대단했었네. 나도 처음에는 이러다가 자네만 더욱 곤란해지는 것이 아닐까 걱정이 이만저만이 아닐 정도였지. 하지만 의외로 그 일은 전화위복이 되었다네.”

“그건 또 무슨 말씀이십니까?”

시골 영지에만 있다 보니 중앙에서 일어나고 있는 정권 다툼에 대해서는 거의 아는 게 없는 렌탈이다.

그러다 보니 일왕자와 이왕자 간의 알력이 얼마나 심각한지도 잘 모르고 있었다.

“사실 단데스 자작은 이왕자님의 심복이나 마찬가지인 자일세. 그 말은 이번 영지전의 배후에 크리스티안 왕자님이 개입되어 있었다는 것이지. 그것을 알고 있던 바스티안 왕자님께서 자네의 승리를 핑계 삼아 단데스 영지를 크리스티안 왕자로부터 빼앗으려고 했다네.”

“빼앗는다고요?”

고생은 자신들이 했는데 아무리 왕자라고 해서 그것을 날로 먹겠다는 소리였으니 렌탈의 언성이 높아지는 것도 당연했다.

"허허허……. 내가 표현을 잘 못한 모양이군. 좀 쉽게 이야기해 주지. 누가 봐도 정정당당하게 그 영지를 빼앗는 방법이 한 가지 있다네. 바로 영지전의 승자인 자네에게 주는 것이라네."

"그게 정말입니까?"

전혀 예상도 하지 못하고 있다가 엄청난 이야기를 듣게 되었으니 흥분할 만도 했다.

단데스 영지는 렌탈 영지보다 땅도 넓었지만 토지도 훨씬 비옥했으며 무엇보다 인구수도 많았다.

만일 단데스 영지를 흡수하게 되면 상상할 수 없을 만큼 큰 이득이 생기는 것은 당연했다.

"처음에는 크리스티안 왕자도 말도 안 되는 이야기라며 반대를 했지만 결국 타협을 할 수밖에 없었네. 왜냐하면 자네 영지의 동쪽에는 바스티안 왕자의 세력도 있거든. 바로 크롤 영지 말일세. 결국 자신은 별 볼 일 없는 영지를 내어주고 훗날 바스티안 왕자는 훨씬 큰 영지를 내어줄 수밖에 없는 여지를 남겨두는 것으로 결론을 내린 것이지."

"허어… 그것참……. 웃어야 할지 울어야 할지 갈피를 잡을 수가 없는 이야기로군요. 그 말대로라면 결국 크롤 영지가 다시 쳐들어올 수도 있다는 말 아닙니까? 그것을 전제에 두고 크리스티안 왕자께서 타협을 했을 테니까요."

렌탈도 바보는 아니다.

당장은 단데스 영지가 굴러 들어오게 되었으니 케니스의 말대로 기쁠 수 있었지만, 그건 곧 조만간 크롤 영지가 다시 쳐들어온다는 말과도 같다는 것쯤은 알 수 있었다.

물론 애초부터 그들이 복수를 해올 것이라고 예상하지 못했던 것은 아니다.

단지 그 시기가 훨씬 빨라질 수도 있다는 점이 문제였다.

"하지만 영주님. 이건 기회입니다. 이렇게 되면 우리가 힘들기는 하겠지만 크롤 영지에게 다시 한 번 승리한다면 그쪽 영지까지 흡수할 수 있다는 뜻도 되는 것 아닙니까? 제 말이 맞지요? 케니스 자작님."

"맞소. 그 말대로요. 이것 보게, 렌탈. 사람은 누구나 일생일대의 기회가 찾아온다네. 내가 볼 때는 이번이 자네에게 그런 기회 같네. 물론 힘든 적을 맞아 싸워야 하는 것은 피할 수 없겠지만 방금 저분의 말대로 승리하기만 하면 단번에 유력자가 될 수 있는 것 아니겠는가? 남자라면 해볼 만한 도박이네."

전쟁을 피할 수만 있으면 피하고 싶은 게 렌탈의 솔직한 심정이다.

그러나 숀까지 나서서 이렇게 말을 하는 데다가 케니스

자작도 그것에 동조하자 그런 마음도 어느 정도는 흔들릴 수밖에 없었다.

게다가 그는 이번 전쟁을 통해 직접 기적을 체험해 보지 않았던가.

그때에 비하면 지금은 훨씬 유리해진 상황이다. 정예 병사만 해도 근 팔백여 명이나 되었기 때문이다.

"휴우……. 싫다고 피해갈 수 있는 일도 아니겠지요. 이미 크롤 백작과 저는 넘지 말아야 할 선을 넘은 상태이니까요. 대신 선배님도 저를 좀 도와주셔야 합니다."

"나도 그러고 싶네만 자네도 알다시피 나는 그 어느 편에도 설 수 없는 입장 아닌가. 아직 폐하께서 건강을 되찾지 못하고 계셔서 더욱 그렇다네. 대신 내가 할 수 있는 만큼은 최선을 다해 보겠다고 약속하겠네."

케니스의 대답을 듣는 순간 숀의 눈빛이 조금 강해졌다.

그가 아직은 그 어떤 왕자의 편에도 서지 않고 있음을 느낀 탓이다.

'흐음……. 은밀히 아우를 통해 케니스와 마커스의 뒷조사를 시켜봐야겠구나. 잘만 하면 쓸 만한 인재들을 건질 수도 있겠어.'

그는 겨우 한 번밖에 만나지는 않았지만 이상할 정도로 신임이 가고 있는 욜라를 떠올리며 이런 생각을 했다.

그녀라면 이런 정보를 완벽하게 캐낼 수 있을 것 같았다.

"그 정도만 해도 충분합니다. 아참, 그리고 더 깊이 있는 이야기는 아까 말씀드린 대로 술자리에서 하기로 합시다. 긴히 드릴 말씀이 있거든요."

"무슨 이야기인지는 몰라도 괜히 떨리는군. 아무튼 좋네. 그리고 진심으로 축하하네. 뒤의 상황이 어떻게 변하든 일단 자네는 단데스 영지의 새로운 주인일세."

비록 해결해야 될 문제는 첩첩산중이었지만 렌탈 남작도 케니스의 이 말에는 미소 지을 수밖에 없었다.

어쨌든 전쟁에서 승리한 진정한 대가를 받게 되었으니 그럴 만도 했다.

2

나중에 어떻게 되든지 일단 받게 된 것은 철저하게 챙기는 것이 현명하다.

숀의 이런 주장에 렌탈 남작과 가신들은 단데스 영지의 합병 작업을 시작했다.

이미 영주는 전범이 되어서 포로로 잡힌 신세인 데다가 영지군의 대부분도 같은 상황이라 합병에 어려움은 전혀 없었다.

"우리는 여러분을 괴롭히기 위해서 온 사람들이 아니다. 오히려 앞으로 여러분을 더욱 행복하게 해주기 위해 온 것이다. 그것을 확인시켜 주는 의미로 올해 세금은 절반으로 내리겠다!"

"와아아아~! 렌탈 영주님 만세!"

"만세!"

어차피 단데스 자작은 민심을 잃은 지 오래다.

특히, 이번 전쟁을 치르기 직전 아픈 아들과 그 어머니를 죽인 일은 치명적일 정도였다.

그랬기에 단데스 영지민들은 오히려 렌탈 남작을 열렬히 환영했다.

소문을 통해 그가 어진 영주임을 알고 있었기 때문이다.

그런 데다가 그것을 확인시키듯 세금부터 감면해 주니 그들의 환호성이 커지는 것은 당연했다.

그 덕분에 합병 작업은 더욱 쉽게 가속을 붙일 수 있었다.

"이곳 영지의 총 인구 수는 약 오천 명 가량으로 추산됩니다. 영지 소득은 연간 8천 골드 정도 되는군요. 현재의 우리 영지보다 인구수는 세 배 정도이고 수입은 약 네 배 이상 되는 수준이라고 할 수 있습니다."

"토지가 비옥하고 왕래하는 사람들이 더 많아서 그런지

확실히 낫군요."

어느 정도 단데스 영지에 대한 파악이 끝나자 렌탈 남작이 숀에게 그에 관한 보고를 했다.

아주 세세한 것까지 말할 필요는 없겠지만 기본적인 것은 렌탈 영지와 비교까지 해주며 이야기했기에 숀도 쉽게 알아들을 수 있었다.

"단데스 그자가 조금만 정치를 잘해주었더라면 이곳 사람들은 꽤나 풍족하게 살 수 있었을 것입니다."

"흐음……. 이제 앞으로 남작께서 맡게 되었으니 그렇게 하면 될 것 아니오? 나는 당신을 믿소."

두 사람의 관계는 묘하게 발전하고 있었다.

사람들이 있을 때는 남작이 숀에게 약간 하대를 했고 단둘이 있거나 숀의 정체를 알고 있는 사람들만 있을 때는 반대 상황이 되었다.

그러나 숀은 전혀 기분 나쁘지 않았다.

작전상 그런 것이라 그런 것도 있지만 더 중요한 원인은 따로 있었다.

'잘하면 훗날 나의 장인이 될 수도 있는 사람이잖아. 그러니 잘 대해줘야지. 흐흐흐…….'

바로 이런 속셈이 숨어 있었던 것이다.

시간이 흐르면 흐를수록 파비앙에 대한 그의 애정은 커

가고 있었다.

이제 하루만 보지 않아도 좀이 쑤실 정도다.

어찌 보면 늙은이의 주책이라고 할 수 있겠지만 좋게 생각하면 그만큼 현실에 잘 적응하고 있다는 뜻도 될 수 있었다.

아무리 정신이 육십대 노인네라지만 그는 누가 봐도 씩씩하고 건장한 스무 살의 청년 아니겠는가.

"주군께서 그렇게 말씀해 주시니 몸 둘 바를 모르겠습니다. 그러나 최선을 다해 그 믿음에 부합할 수 있도록 노력하겠습니다."

"이제 시작일 뿐이오. 어쩌면 지금 누리고 있는 약간의 기쁨보다 훨씬 크고 힘든 시련이 닥칠지도 모르오. 당장 크롤 백작만 해도 언제 쳐들어올지 알 수 없는 상황이오. 여러 루트를 통해 그의 동태를 파악하고 있기는 하지만 그 시기만은 아직 알 수 없소. 그러니 더욱 영지민들의 단합이 필요할 거요. 남작께서 그 중요한 일을 맡아주어야겠소."

전쟁이 벌어지면 영지민들이 모두 창칼을 들고 싸우는 것은 아니다.

하지만 그들이 후방에서 든든히 힘을 합치고 있으면 그 효과는 엄청나다.

당장 병사들은 그런 가족들을 위해 사기를 더욱 드높일

것이며 그들을 지키기 위해 목숨까지 내던질 수 있다.

그러나 그들이 단합되어 있지 않으면 반대의 현상이 일어날 수 있다.

싸움이 불리해질 경우 그들이 먼저 겁을 집어먹고 영지를 이탈할 수 있다.

그럼 당연히 병사들도 탈영할 확률이 높아질 것이고 군의 기강은 물론 사기도 땅에 떨어져 이길 수 있는 전쟁도 패배할 수 있었다.

숀은 이미 중원에 있을 때부터 이런 원리쯤은 수도 없이 겪어본 터였다.

그랬기에 더욱 영지민들의 단합을 강조했다.

그리고 그의 그런 사상은 렌탈을 더욱 감복시키고 있었다.

'알면 알수록 이분의 그릇은 크다. 온 대륙을 담을 수 있을 정도인지도 모른다. 어쩌면 그동안 이어져 왔던 왕자들의 권력 다툼도 이분으로 인해 끝이 날지도……'

그는 잠깐 이런 생각을 하다가 문득 떠오른 생각이 있어서 대답과 함께 질문을 던졌다.

"명심봉행하겠습니다. 그런데 한 가지 여쭙고 싶은 것이 있습니다. 말씀드려도 될까요?"

"뭐든지 물어보시오."

"전부터 여쭤보고 싶었습니다만 워낙 경황이 없어서 그러지 못했습니다. 그런데 이번에 우리 영지에 왔던 케니스 자작과 이야기를 나누다가 꼭 여쭤보아야겠다고 결심했지요."

"무슨 말인지 괜히 겁이 나오. 분위기는 그쯤 잡고 어서 말해보시오."

잔머리가 극에 달한 숀이다.

그런 그가 지금 렌탈이 무슨 질문을 하려는 것인지 전혀 눈치채지 못할 리 없었다.

하지만 일부러 이처럼 의뭉스러운 태도로 말을 이어갔다.

이럴 때만큼은 과연 육십대 노인네의 정신을 가진 게 맞는 것 같았다.

"그럼 단도직입적으로 말씀드리겠습니다. 루카스 왕자님께서는 언제 등장하실 예정입니까? 만약 그분이 나타나신다면 다시 그분의 휘하로 모일 사람이 꽤 될 것 같거든요."

"그건 나도 아직 모르오. 워낙 생각이 깊고 말을 아끼시는 분이라 단정 지을 수는 없소. 솔직히 내가 그분을 위해 이렇게 움직이기 시작한 것도 모르고 계실 거요. 곧 말씀드리기는 하겠지만……."

아직 미미한 세력이기는 했지만 루카스가 등장하게 되면 판도는 또 달라질 가능성이 있었다.

그랬기에 렌탈은 그가 나타나기를 바라는 것 같았다.

"그러셨군요. 어차피 주군께서 알아서 하실 텐데 제가 주제넘게 앞서가려 해서 죄송합니다. 제 얕은 소견으로는 이럴 때 그분이 계시면 훨씬 힘이 되지 않을까 싶었거든요."

"무슨 말인지는 알겠소. 그러나 그런 생각은 버리시오. 나는 아버지의 후광을 등에 업고 출세나 해보려는 생각으로 세상에 나온 것이 아니요."

"그럼 무엇을 얻기 위해 나오신 것입니까?"

숀의 말에 렌탈이 조심스러운 말투로 이렇게 물었다.

사실 이런 문제는 누구라도 궁금할 수박에 없을 터였다.

숀의 목적이 무엇이냐에 따라 그를 따르는 사람들의 운명이 달라지기 때문이다.

"그건 바로…… 응징이오. 감히 나의 부모님을 죽이려 했으니 아무리 백부들이라 해도 그냥 용서해 줄 수는 없는 것 아니겠소?"

"그, 그야 그렇지요. 하지만 지금 우리의 힘만으로 두 왕자를 모두 상대하는 것은 무리 아닐까요?"

어느 정도 예상은 하고 있었지만 막상 숀의 입을 통해 듣게 되니 렌탈의 충격은 생각보다 컸다.

이건 그야말로 산 넘어 산이었다.

왕자들의 힘은 단데스 자작이나 크롤 백작 등과는 차원이 달랐다.

그런데 응징을 하겠다니…….

한숨이 나올 만한 이야기였다.

"이것 보시오, 렌탈 남작."

"네, 주군."

"만일 몇 달 전에 누군가가 단데스 영지와 크롤 영지가 동시에 쳐들어오는 상황이 벌어졌을 경우 막을 수 있겠냐고 물어보았다면 뭐라고 대답했을 것 같소?"

"으음……. 미친놈이라고 욕을 했겠죠. 그건 아예 불가능하다고 생각했을 테니까요."

렌탈의 걱정을 짐작한 숀은 그가 가장 쉽게 알아들을 수 있도록 직접 겪어본 경험을 토대로 이야기를 하기 시작했다.

그러자 렌탈도 그런 숀의 의도를 눈치챘는지 짧은 신음성과 함께 이렇게 대답했다.

"뭐든지 부딪쳐 보지도 않고 불가능하다고 생각하는 사람이야말로 가장 어리석은 사람이오. 그때만 해도 남작은 단데스 영지를 합병하게 되리라고는 상상도 못했을 것이오. 지금 내가 계획하고 있는 일도 마찬가지지요. 누가 봐도 계란으로 바위를 치는 것만큼 무모해 보이겠지만 어차피 그들도 인간 아니겠소? 인간은 자신이 죽기 직전까지 얻어맞으면 꼬리를 내리게 되어 있거든. 만약 세력으로 상대가 되지 않으면 내가 자객이 되어서라도 그들을 혼내줄 자신은 있소. 단지 그게 최하 책이라 자제하고 있을 뿐……."

"그, 그럴 수도 있겠군요. 주군의 능력이라면 가능한 이야기인 것 같습니다. 휴우……. 그럼 앞으로 저도 죽든 살든 주군의 그 계획에 동참하겠습니다. 앞이 캄캄하기는 합니다만 또 다른 한편으로는 신 날 것 같기도 하네요. 허허……."

살짝 겁이 나기는 했지만 이 순간 렌탈은 오랫동안 잊고 지냈던 기사로서의 용기가 되살아났다.

젊은 시절에는 당장 죽어도 옳은 일을 위해 달려들 수 있었지만 언젠가부터는 지켜야 할 것들이 많아졌기 때문에 겁쟁이로 전락한 것도 사실이었다.

그러나 이제는 그에게 새로운 대의명분이 생겼고 자신의 목숨을 바쳐도 아깝지 않은 주군이 있었다.

그런 이상 앞으로는 명예롭게 살고 싶어졌다.

Chapter 06

대가

1

인수 작업이 한창인 상황이라 렌탈 남작을 비롯한 몇몇 요주 인물은 벌써 며칠째 단데스 성에서 지낼 수밖에 없었다.

숀과 멀린 역시 마찬가지였다.

"이렇게 쉽게 단데스 영지를 차지하게 되다니……. 정말 꿈만 같습니다."

"이건 겨우 시작에 불과해. 마냥 좋아하고 있을 수 있는 상황은 아니라는 말이지."

모처럼 숀과 단이 있게 되자 멀린은 왠지 많은 이야기를 나누고 싶었다.

자칫하면 구박이나 받고 심할 경우 쥐어터지기도 하건만 이상하게 그는 숀과 함께 있는 것이 좋았다.

나이는 자신보다 어려도 그와 함께 있으면 왠지 마음이 편안해지고 안심이 된다.

어째서 그런 것인지는 그 스스로도 알 수 없었지만 감정이 그런 것을 어쩌겠는가.

"저도 어느 정도 각오는 하고 있습니다. 하지만 그래도 좋은 것은 좋은 것 아니겠습니까? 그리고 이제 저는 철석같이 주인님을 믿고 있습니다. 주인님이시라면 그 어떤 어려움도 충분히 해결하실 것 같거든요."

"그 말…… 진심인가?"

"물론이지요!"

멀린의 말에 숀은 약간 놀란 얼굴로 다시 물어 보았다.

아무리 멀린이라고 해도 아직 자신의 본실력을 본 적은 없었다.

그런데도 이렇게까지 믿고 있다니…… 새삼스러운 감정이 든 것이다.

"자네 믿는 도끼에 발등 찍힌다는 말도 모르나? 날 너무 높게 평가하는 것 같아서 하는 말일세."

"천만에요! 아직은 저만 그렇게 생각할지는 모르겠습니

다만 어쨌든 제가 볼 때 주인님은 그랜드 마스터 이상의 실력을 가지고 있는 것이 아닐까 싶습니다. 저로서는 상상이 안 가는 수준이긴 하지만 그 누구도 주인님을 어쩌지 못한다는 것만큼은 확신하고 있습니다. 그러니 주인님께서 계신데 두려울 일이 뭐가 있겠습니까?"

생각보다 멀린의 확신은 대단했다.

하긴 4서클에 불과했던 자신을 단숨에 5서클로 올려준 것이나 기사대장 벨룸을 말 몇 마디로 소드 익스퍼트 중급에 도달하게 해준 것 등을 보았을 때부터 멀린은 이미 숀을 신급의 능력자로 인정했다.

그리고 이후 여러 각도에서 숀을 평가해 본 결과 그가 대륙 최고의 실력자라는 것을 인정할 수밖에 없었다.

그러니 이처럼 강한 신뢰를 가지고 있을 수밖에…….

"훗, 영 바보인줄 알았더니 그래도 과연 마법사답군. 내 능력을 어느 정도 감지하다니 말이야. 맞아. 이 대륙에서는 그 누구도 나를 어쩌지 못하지. 그리고 내가 한 가지 비밀을 알려줄까?"

"비밀…… 이요? 그게 뭡니까?"

평범함보다 조금 나은 사람 같으면 이런 경우 겸손을 떨 것이다. 그 정도는 아니라고 하면서 말이다.

그러나 숀은 전혀 그러지 않았다.

오히려 자신이 멀린의 생각 이상의 능력자임을 은근히 과시했다.

그리고는 갑자기 이런 말을 꺼냈다.

멀린의 입장에서는 호기심이 크게 일어날 만한 상황이다.

“지난번 두 차례에 걸친 영지전 말이야. 그때 승리하기 위해 다들 제법 고생 좀 했잖아.”

“그야 당연한 것 아닐까요? 그나마 훨씬 약한 전력으로 승리 할 수 있었던 것도 모두 주인님 덕분이잖아요.”

그 누구도 지금 멀린이 한 말에 대해 반론을 제기할 수 없을 터였다. 그게 진실이기 때문이다.

그러나 숀은 그런 말을 듣고 싶은 게 아니라는 듯 고개를 슬쩍 흔들더니 다시 입을 열었다.

“그때 만일 그 전쟁에 자네의 형을 투입했으면 결과가 어떻게 나왔을 것 같은가?”

“제 형이라면…… 아! 꼴라 형 말씀입니까?”

“그렇다네.”

태어날 때부터 외아들이었던 멀린에게 형이 있을 리 없다.

그랬기에 그는 금방 숀이 가리키는 형이 꼴라임을 알 수 있었다.

기가 막힌 현실이었지만 이미 포기한 지 오래였기에 그는 그다지 기분 나쁘지도 않았다.

꼴라라면 비록 몬스터라고 해도 형이라고 할 만하다는 생각까지 하고 있었으니 그럴 만도 했다.

"그랬다면 좀 더 쉽게 승리했을 것 같긴 하네요. 꼴라 형이 워낙 대단한 파워를 가지고 있잖아요."

"간단하게 말해주지. 꼴라가 자신의 능력을 제대로 발휘하면 단데스 영지군이 문제가 아니라 크롤 영지군 전체가 덤빈다고 해도 박살 낼 수 있다네. 최고의 마법사들과 기사 수십 명이 함께 공격한다면 모를까 그러기 전에는 그 누구도 녀석을 이길 수 없지."

"그, 그럴 수가……."

영물 아니라 영물 할아버지라도 그런 능력이 있다는 것은 금시초문이었다.

물론 꼴라 정도의 영물이라면 어지간한 영지군을 홀로 상대할 수 있을지도 모른다.

그러나 크롤 영지군까지는 절대 아니었다.

몬스터 혼자 상대할 수 있을 만큼 만만한 군대가 아니기 때문이다.

하지만 그렇다고 숀의 말을 믿지 않을 수도 없었다.

"믿기 힘들겠지만 만일 꼴라와 얼마 전에 태어난 끼루가 함께한다면 어지간한 왕국 하나 정도는 박살 낼 수 있는 정도라네. 물론 이런 사실을 알고 있는 사람은 거의 없겠지만……."

"가만, 그렇다면 도대체 주인님의 능력의 끝은 어디입니까? 그렇게 무서운 몬스터들도 주인님 앞에서는 고양이 앞의 쥐보다 더 벌벌 떠니 말입니다."

세상에는 킹까테말로에 대한 자료가 전혀 없었다.

그저 보통 까테말로의 능력을 기준으로 추측해 보는 것이 전부였다.

그것은 스톰 와이번에 대한 것도 마찬가지다.

둘 다 워낙 인간 세상에는 등장한 적이 거의 없었던 탓이다.

숀도 꼴라가 아니었다면 스톰 와이번의 존재를 몰랐을 정도다.

그랬기에 이들의 능력에 관한 이야기는 숀의 말이 가장 정확하다고 할 수 있었다.

멀린도 그것을 알았다.

하지만 그는 몬스터들의 무서움보다 그들마저 철저하게 복종시키고 있는 숀이 더욱 놀랍기만 했다.

"나도 내 능력이 어느 정도인지는 잘 모르네. 최소한 이 대륙 전체에서는 나보다 강한 존재가 없다고 추측만 할 뿐이지."

"하지만 그건 좀 과장 아닐까요? 대륙을 통틀어 가장 강한 존재는 드래곤입니다. 전설 속에서만 등장하기는 하지만 그들이 실존하고 있는 것은 분명하니까요. 주인님을 가르쳤다는 하이 엘프들도 드래곤 앞에서는 어른 앞의 아이일 뿐입니다. 그렇다고 해도 주인님께서 대륙 제일인 것은 맞습니다. 어차피 드래곤들은 세상에 모습을 드러내지 않으니까요."

아직도 멀린은 숀의 거짓말을 철석같이 믿고 있었다.

하긴 하이 엘프 정도가 아니라면 숀과 같은 무지막지한 능력자를 배출하지 못할 거라고 생각하는 것이 정상이기는 했다.

"드래곤이라……. 갈수록 만나고 싶어지는군. 그들이라면 내 고독을 깨트려 줄 수 있을지도 모르겠군."

"어휴……. 농담이라도 그런 농담은 하지 마십시오. 큰일 납니다."

이때까지만 해도 멀린은 자신이 죽을 때까지 절대 드래곤을 만날 일이 없다고 생각했다.

드래곤 중에도 인간처럼 이상한 데 욕심을 부리는 자가 있다는 것은 아예 상상조차 하지 못했다.

그러나 숀은 이상할 정도로 드래곤과 자신은 꼭 만나게

될 인연이 있다는 예감이 들었다.

그것도 가까운 시간 안에 말이다.

"과연 농담일지는 두고 보면 알겠지. 일단 알았으니 이만 가서 쉬게. 자네도 요즘 영지 합병 문제 때문에 고생이 많지 않은가."

"제가 한 것이 뭐가 있다고 고생입니까? 주인님께서 훨씬 수고가 많으시죠. 아무튼 주인님께서도 어서 쉬십시오. 그럼 내일 뵙겠습니다."

한참 이야기를 나누던 숀이 갑자기 멀린을 부랴부랴 내쫓았다.

그러더니 갑자기 허공을 향해 한마디 던졌다.

"그렇지 않아도 보고 싶었는데 잘 왔군."

스윽…….

그러자 놀랍게도 허공 한편이 찢어지며 누군가가 나타났다.

2

갑자기 허공을 찢고 등장한 사람은 검은 일색의 복장에 복면까지 쓰고 있었다.

바로 언젠가 같은 모습으로 나타났던 율라다.

그녀는 여전히 은밀했으며 조용했다.

"이번에도 알아차리다니……. 갈수록 형의 정체가 궁금해지는군요."

"밤을 좋아하는 사람들은 현명하지. 쓸데없는 것에 관심을 두지 않을 만큼 말이야."

아무리 숀이라 해도 욜라의 본모습을 알 수는 없었다.

꿰뚫어 보기 힘든 복면을 쓰고 있는 데다가 이제 겨우 두 번째 보는 것이라 당연했다.

그래도 그녀에 대해 알 수 있는 것이 몇 가지는 있었다.

첫 번째는 몸매다.

그녀는 워낙 착 달라붙는 옷을 입고 있었기에 몸매의 굴곡이 확연히 드러났다.

그건 숀이라고 해도 쉽게 볼 수 없을 만큼 완벽한 조화를 이루고 있었다.

그리고 두 번째는 숀이 보고 감탄했었던 왠지 슬퍼 보이는 검은 눈동자다.

그가 그녀를 처음 만났음에도 단번에 믿을 수 있었던 것은 바로 이 눈동자 때문이었다.

어찌 보면 차가워 보일 수도 있었지만 그 속에는 맑고 순수한 영혼이 숨어 있었다.

마지막은 그녀의 특이한 성향이었다.

손도 특이한 편이지만 그녀 역시 그에 못지않을 만큼 특이하고 신기했다.

그런 점들이 손으로 하여금 호감을 느끼게 하고 있었다.

"동생이 형에게 관심을 갖는 것도 문제가 되나요?"

"뭐가 알고 싶은데?"

어째서 그녀가 자신을 형이라고 부르는지는 알 수 없었다.

다만 그녀가 어릴 때부터 남자들 틈에서 성장한 것이 아닐까 하는 추측만 해볼 뿐이다.

한 가지 이상한 것은 손 역시 이 이상한 호칭이 결코 싫지 않다는 점이다.

그랬기에 그는 욜라의 호기심을 어느 정도까지는 풀어주기로 한 것 같았다.

"제가 왜 갑자기 나타났는지 궁금하지도 않으세요?"

"아참, 지난번 일은 고마워. 내 생각 이상으로 일을 잘해주었더군. 자, 받아."

"이게 뭐죠?"

욜라의 질문에는 대답할 생각도 하지 않고 손은 다짜고짜 고맙다고 하더니 품속에서 무엇인가를 꺼내 그녀에게 건네주었다.

그건 바로 앙증맞게 생긴 가죽 주머니였다.

"지난번에 보니 가지고 있는 기술에 비해 마나의 힘이 약한 것 같더군. 그래서 준비해 본 거야. 일단 꺼내 봐."

스윽…….

"이건 혹시 독약?"

숀의 말에 가죽 주머니에서 뭔가를 꺼내더니 욜라는 고개까지 갸웃거리며 그것의 정체가 무엇인지 더욱 궁금해했다.

그럴 수밖에 없는 게, 안에서 나온 것은 손톱만 한 크기로 만들어진 구슬 모양의 검은 물체였기 때문이다.

그녀의 말대로 독약이라고 하면 딱 어울릴 것 같았다.

"시간이 날 때 그것을 단숨에 입에 넣고 마나 연공을 해 봐. 아니다, 아예 지금 바로 하는 게 낫겠군. 내가 약효를 좀 더 빠르게 퍼트려 줄 테니……."

"설마 이게 마나를 늘어나게 하는 신약이라도 되는 것처럼 말하시네요."

태어나서 단 한 번도 공짜를 무엇인가를 받아본 적이 없는 욜라다.

그래서인지 그녀는 아직도 숀의 저의가 무엇인지 알 수 없었다.

말하는 것만 보면 독약처럼 생긴 것이 자신의 마나 연공에 도움이 될 것 같았지만 그런 신기한 약을 갑자기 줄 리가 없지 않은가.

"백 번 말하는 것보다는 직접 겪어보는 게 가장 빠를 거야. 어서 먹어봐."

"……."

숀이 다시 이렇게 말하자 욜라는 말을 멈추고 그의 눈을 쳐다보았다.

그리고는 곧 눈을 딱 감더니 단숨에 알약을 삼켜 버렸다.

"우웁!"

"아무리 써도 절대 뱉으면 안 돼. 어서 다 삼켜!"

"……."

만일 그녀가 숀을 믿지 못했다면 절대로 먹지 못했을 것이다.

그가 자신을 해칠 수도 있지 않겠는가.

하지만 욜라는 그의 눈빛을 믿기로 했다.

이 사람은 오늘 겨우 두 번째 보는 것이지만 묘하게 믿음이 갔다.

하긴 첫 만남만으로도 자신의 손해까지 감수하며 일을 해줄 정도이니 오죽하겠는가.

어쨌든 그랬기에 그녀는 지독할 정도로 쓴 약을 군소리 없이 모두 삼켜 버렸다. 그러나…….

"크윽! 이, 이건……."

"절대 입 벌리지 마! 그리고 평소 연공하는 것처럼 정신을 집중해. 이제부터 내가 도와줄 테니……."

척!

약이 뱃속에서 녹자마자 욜라는 마치 그 안이 타오르는 것 같은 고통을 느끼기 시작했다.

만일 숀에 대한 믿음이 없었다면 진짜 독약인 줄 알고 덤볐을지도 모를 만큼 지독한 아픔이었다.

하지만 바로 그때 숀의 오른 손바닥이 그녀의 등 한복판에 달라붙었고 동시에 말로 형언할 수 없을 만큼 청량한 기운이 등에서부터 퍼져 나오기 시작했다.

"그래, 바로 그거야. 마나의 흐름을 최대한 방해하지 않도록 온몸의 힘을 모두 빼봐. 지금까지 너의 마나가 순수하지 못했던 이유는 바로 흐름이 자연스럽지 못했기 때문이지. 지금부터 내가 네 마나의 흐름을 이끌어줄 테니 그 순서를 잘 기억했다가 수시로 해보도록 해. 그럼 큰 이득을 보게 될 거야. 대신 어느 정도 고통이 느껴져도 꼭 참도록 해."

끄덕끄덕…….

욜라는 처음 검술과 은신술을 배울 때도 오로지 혼자였다.

그녀는 지독한 근성을 바탕으로 모든 것을 혼자 이루어

왔던 것이다.

그런데 지금은 낯선 손길 하나가 그녀의 고귀한 등을 점령하고 있지 않은가.

그녀가 워낙 감정을 다스리는 연습을 해왔으니 망정이지 하마터면 너무 떨려서 창피한 모습을 보였을지도 모른다.

"우읍…… 우우……."

그러나 그런 감정도 오래갈 수 없었다.

갑자기 무서운 고통이 그녀의 온몸을 관통하기 시작했기 때문이다.

죽음 직전까지 가볼 정도로 혹독한 훈련을 했던 그녀였지만 이러한 고통을 견디기란 그리 쉬운 것이 아니었다.

그랬기에 불쑥 비명을 지를 뻔했지만 온힘을 다해 그것을 억누르고 있었다.

그런 시간이 마치 영원히 이어지는 듯 계속되었다.

"고통을 이길 생각만 하지 말고 마나가 네 몸에 흐르고 있는 순서를 기억해야 한다. 명심해라."

끄덕…….

죽을 것 같은 걸 겨우 참고 있었는데 저 인간은 이런 매정한 말만 하고 있었다.

그녀가 보통의 여자였다면 마나고 나발이고 다 때려치우고 성질부터 부렸을지도 모른다.

그러나 그녀는 특별했기에 성질 대신 힘겹게 고개만 끄덕였다.

부들부들…….

조금 더 시간이 지나자 이제는 그녀의 몸이 사정없이 떨리기 시작했다.

그와 동시에 비가 쏟아지듯 온몸으로 땀이 흘러 내렸다. 그러던 어느 순간,

콰콰콰광!

"윽!"

갑자기 그녀의 뇌리에 어마어마한 폭발음이 울려 퍼졌다.

그리고 곧 그녀는 짧은 외마디 신음성과 함께 그대로 기절해 버리고 말았다.

"……."

그렇게 또 얼마의 시간이 지났을까?

지독한 꿈까지 꾼 것으로 보아 꽤나 많은 시간이 흘러간 것 같다는 생각을 하던 그녀는 갑자기 벌떡 일어났다.

"아!"

"생각보다 빨리 일어나는군. 역시 대단한 정신력이야."

"나…… 얼마나 누워 있었나요?"

스스로는 엄청난 일을 겪은 것 같았지만 손은 얄미울 정

도로 태연했다.

화가 날 정도였지만 그것을 꾹 누르며 욜라는 이렇게 물었다.

시간을 워낙 아끼는 그녀였기에 그게 가장 신경 쓰였던 모양이다.

"오 분 정도 지났어."

"설마……."

"최소 한 시간은 지나야 일어날 거라고 생각했는데……. 나도 의외야. 아무튼 그래도 성공한 것 같으니 어서 마나를 움직여 봐."

하루 이상은 지났는지 알았는데 겨우 오 분이라니……. 욜라는 괜히 마음이 놓이는 기분을 느끼며 숀의 말대로 마나를 움직이기 시작했다.

'허억… 이, 이럴 수가……. 마나가 원래보다 두 배는 많아진 것 같다. 어떻게 이런 일이 가능하지?'

마나를 움직이는 중이라 입 밖으로 표현할 수는 없었지만 그녀는 기절할 정도로 놀라고 말았다.

십 년 이상을 모아온 마나가 겨우 한 시간도 안 돼서 두 배로 늘어나다니…….

이런 기가 막힌 경우는 들어본 적도 없었다.

"대체 무슨 짓을 하신 거죠?"

"지난번 일의 대가야. 마음에 들어?"

숀이 웃으며 이렇게 대답했다.

3

직업 특성상 욜라는 지금까지 수많은 강자를 만나보았었다.

그 가운데는 소드 마스터도 있었다.

단지 호기심 때문에 목숨까지 걸고 제국에 침투해 만나본 것이다.

그리고 그날 이후로 그녀는 엄청난 자신감을 가질 수 있었다.

대륙 최강이라는 소드 마스터조차 그녀의 기척을 눈치채지 못했으니 그럴 만도 했다.

그로 인해 그녀는 승승장구할 수밖에 없었고 수많은 의뢰를 백 퍼센트 성공시키는 기적을 창출해 왔다.

'그는 나에게 최초로 실패를 안겨준 사람이다. 그때 나는 너무 놀라 아무 생각도 할 수 없었지. 하지만 이상하게도 화가 나거나 끝장을 보겠다는 생각은 전혀 들지 않았어. 그건 그의 말대로 우리가 같은 부류라는 느낌이 들어서인지도 모르지. 사실 오늘은 그 점을 확인해 보고 싶어서 온 것

이나 마찬가지였다. 그런데 이런 대가를 안겨주다니…….'

갑자기 욜라는 숀의 품 안에 안겨서 실컷 울어보고 싶다는 말도 안 되는 충동이 일어났다.

왜 그런 감정이 드는지는 자신도 알 수 없었다. 그냥 그래 보고 싶었다.

그러나 철이 든 이후로 단 한 번도 감정대로 살아보지 못했던 그녀의 습관이 그것을 억눌렀다.

그게 다행인지 불행인지는 알 수 없었다.

"왜 또 그런 눈으로 보는데?"

"그냥… 형이 신기해 보여서요."

이 사람은 신기할 정도로 자신의 감정을 쉽게 알아차렸다.

특별히 말을 하거나 웃지도 울지도 않는데 말이다.

그랬기에 숀을 만나면 그녀도 말이 많아졌다.

물론 남들이 보면 무뚝뚝해 보일 뿐이겠지만 그녀를 알고 있는 사람이 보았다면 기절할 만큼 상냥하게 많은 말을 하는 것이 사실이었다.

"먼젓번에는 기대 이상이었어. 그래서 너를 다시 만나면 주려고 그 약을 손수 만들어두었지. 그 정도면 꽤 괜찮은 대가라고 생각하는데?"

"대가를 바랬다면 하지 않았을 거예요. 하지만 고마워요."

더 하고 싶은 말이 목구멍까지 꽉 차 있었지만 욜라는 그저 이렇게 말하고 입을 다물었다.

솔직히 웬만한 사람 같았으면 난리를 쳐도 모자랄 판국이었을 것이다.

숀이 그녀에게 안겨준 마나 양이 워낙 대단하기 때문이다.

그녀의 본래 실력을 검사를 기준으로 평가하자면 소드 익스퍼트 중급 수준이라고 할 수 있었다.

그런데 그 약과 숀의 도움으로 단숨에 상급자 수준만큼 올라섰던 것이다.

그러니 어찌 경악하지 않을 수 있으며 하고 싶은 말이 없겠는가.

어쩌면 너무 할 말이 많아서 오히려 말을 아끼는지도 몰랐다.

숀은 이미 그런 감정까지도 다 알고 있다는 듯 그녀의 등을 가볍게 토닥거리며 다시 입을 열었다.

"원래 어떤 관계든 주고받아야 오래가는 법이지. 그리고 사실은 한 가지 더 부탁할 게 있어서 아부를 좀 해야 할 필요도 있었고 말이야."

"케니스 자작에 대한 것이겠죠?"

"허어……. 내가 동생 하나는 제대로 두었군. 놀라워. 그건 또 어떻게 알았지?"

숀은 정말 크게 놀랐다. 아마 그가 이 대륙에 태어난 이후로 가장 놀란 일인지도 모른다.

"그가 렌탈 영지에 왔다 간 것을 보고 대충 짐작한 것뿐이에요."

"으음… 기질만 나를 닮았는 줄 알았더니 두뇌 회전도 보통이 아니군. 눈치도 빠른 것 같네. 그럼 나도 하나 맞춰볼까? 내가 너무 보고 싶어서는 온 것 같지는 않고… 일부러 여기까지 온 것은 뭔가 중요한 정보를 주기 위해서가 아닐까 싶은데?"

이번에는 욜라가 깜짝 놀랐다.

아직 아무런 내색도 하지 않았건만 자신이 온 목적을 정확히 맞춰서다.

"참 알 수 없는 사람이군요, 형은……. 맞아요. 이미 짐작은 하셨겠지만 지금 크롤 백작이 사방에 지원군을 요청하고 다니거든요. 그래서 제가 슬쩍 따라다녀 보았죠."

"겨우 두 번밖에 보지 못한 아우지만 참 착하구나. 이 못난 형을 위해 그런 수고를 아끼지 않았다니… 고맙다."

슥슥…….

방금 전에는 등을 토닥거려 주더니 이번에는 머리를 쓰다듬었다.

손은 무의식 중에 진짜 동생을 대하듯 하는 행동이었지만 욜라의 입장에서는 그리 간단한 문제가 아니었다.

'내 몸에 남자의 손길이 닿고 있는데도 이렇게 기분이 좋아질 수가 있다니… 어떻게 이런 일이 벌어질 수가 있지? 처음 본 순간부터 마음이 흔들리는 것 같아 일부러 형이라고 불렀건만… 후웁! 정신 차리자.'

세상 사람들은 그녀를 삼두육비의 괴물이니 어둠의 검은 암살자니 하며 몹시 두려워했지만 알고 보면 그녀의 진짜 모습은 외로움에 지친 외로운 여성일 뿐이었다.

그것도 아직은 소녀에 가까운…….

어쨌든 그랬기에 더욱 남자들을 혐오해 왔는지도 모른다.

자신을 철저하게 감추기 위해서 말이다.

하지만 손은 처음 볼 때부터 뭔가가 달랐다.

"크롤 백작 가문과 관련된 세력은 꽤 많지만 다들 아직 젊은 크롤 백작을 그리 탐탁지 않게 생각하는 것 같았어요. 하지만 단 한 곳만큼은 달랐죠."

"그곳에서 지원군를 보내주기로 한 모양이군."

이 대목에서 숀이 갑자기 끼어들어 한마디 던졌다.

결국 지원군을 얻을 수 있게 되었다는 말이 그의 심기를 건든 모양이다.

"맞아요. 바로 크롤 백작의 작은 아버지인 테우신 백작이죠. 크롤 백작 가와 그리 사이가 좋지 않았던 그가 왜 도와주려는지는 아직 알 수 없어요. 하지만 예상보다 상당한 전력을 보내주겠다고 하더군요."

"가만……. 두 가문이 서로 사이가 좋지 않다고? 조카와 작은 아버지인데 어째서 그렇게 말을 하는 거지?"

"테우신 백작이 처음 가문에서 독립할 때 크롤의 아버지가 그에게 돌아갈 재산마저 모두 뺏은 채 내쫓았거든요. 이후 테우신은 운이 좋아 일이 잘 풀리는 바람에 백작까지 올라갔지만 그때의 설움을 잊을 수 없었는지 크롤 백작의 아버지가 죽었을 때 장례식에도 오지 않았다고 해요. 이번에도 크롤은 모든 친인척에게 지원군을 거절당하자 결국 마지막으로 테우신을 찾아갔었지요."

욜라가 이렇게 설명을 해주자 숀은 그녀의 얼굴을 유심히 쳐다보았다.

비록 복면을 하고 있었지만 아직 어리다는 것쯤은 충분히 알 수 있다.

최소한 자신보다 한두 살은 아래일 텐데 어떻게 이런 정보를 줄줄이 꿰고 있는 것인지 신기할 지경이다.

"원래 욜라는 칼론 왕국 내 귀족들의 정보를 다 알고 있는 거야?"

"일을 하려면 정보가 첫째이니 싫어도 알 수밖에 없죠. 제게 들어오는 일들은 거의 다 귀족과 관련된 것이니까요."

하긴 특급 어쎄신에게 들어오는 의뢰가 평범할 리는 없다.

그녀처럼 전천후 어쎄신은 더욱 그랬다.

그랬기에 주요 고객층이자 타깃이 될 수 있는 귀족들에 관한 정보는 기본적으로 알아두어야 했다.

"하긴 그렇겠지. 좋아. 그럼 지원 병력의 규모도 알려줄 수 있나?"

"일반 정예 병사 일천 명에 왕국 최상위라고 할 수 있는 기사단이 하나 올 거예요."

"생각보다 많군."

숀이 신중한 목소리로 이렇게 말하자 복면 안에 있는 욜라의 별빛 같은 눈동자에 의외라는 빛이 떠올랐다.

"두려우세요?"

"하하! 내가 두려워하는 것처럼 보여?"

"그냥 목소리가 가라앉은 것 같아서요."

그녀는 아무리 숀이라 해도 부담스러워 한다고 생각했다.

하긴 말이 그렇지 정예 병사 일천 명이 뉘 집 애 이름은 아니지 않은가.

게다가 크롤 영지에는 아직도 오백 명이 넘는 병사가 남아 있었으니…….

"그 인원의 백 배가 몰려온다고 해도 그럴 일은 없어. 단지 그 녀석들을 또 어떻게 요리를 해야 하나 잠시 그것을 떠올린 것뿐… 후후……."

하지만 손이 이런 말과 함께 비릿한 웃음을 짓자 욜라는 자신이 바보 같은 생각을 했었음을 인정해야만 했다.

Chapter 07

등장

1

넓은 대전 안에 누군가가 홀로 앉아 술을 마시고 있었다.

그는 바로 칼론 왕국의 둘째 왕자 크리스티안이었다.

그는 지금 잔뜩 화가 나 있는 상태였다.

비록 별 볼 일 없는 영지이기는 했지만 어쨌든 자신의 관할 아래 있던 영지 하나를 그냥 빼앗긴 것 같았으니 기분이 좋을 리가 없었다.

"빌어먹을! 빤히 보면서도 어쩔 수가 없다니……. 으드득! 어디 두고 봅시다, 형님. 내 기필코 이 수모는 갚아주리다."

그는 이 모든 일이 일어나게 만든 바스티안을 용서할 수가 없었다.

아직은 그의 세력이 약간이나마 우세해 참고 있을 수밖에 없었지만 자신에게는 아무도 모르는 거대한 힘이 있지 않은가.

비록 그도 두려워하는 힘이기는 했지만 그 힘이 세상으로 나오는 순간, 모든 것은 자신의 뜻대로 이루어지리라.

크리스티안은 그렇게 생각하며 스스로를 위로했다. 그런데 바로 그때…….

—필멸자여! 내가 왔노라. 어서 내려오라!

"헉! 사자님께서……."

벌떡!

그런 그의 뇌리 속으로 누군가가 불렀다. 바로 피의 사자라고 칭했던 존재였다.

그러자 크리스티안은 술이 번쩍 깨는지 자리에서 급히 일어나더니 벽면의 액자를 치우고는 얼른 버튼을 눌렀다.

그리고는 곧 지하로 사라져 버렸다.

"피는 피의 값으로!"

구구구궁!

그렇게 지하 대전 안으로 들어서자마자 그는 거대한 거울 앞에 곧장 엎드렸다. 뭔가 켕기는 것이 있는 모양이다.

그러자 거울 안에 누군가가 나타났다.

지난번에는 그의 몸을 통해서 피의 사자라는 자가 등장하더니 이번에는 뭔가 좀 달랐다.

크리스티안의 몸에서 검은 연기 같은 것이 흘러나오더니 이윽고 사람의 형상을 갖추는 것 아닌가. 실로 섬뜩하면서도 기이한 장면이다.

스르륵~~

—네가 약속한 기한이 지난 것 같은데 어째서 아직까지 조용한 게냐?

"그, 그게 문제가 좀 생겼습니다. 바스티안이 자꾸만 제 일을 방해하거든요."

피의 사자라는 자의 모습은 여전히 거울 속에서 희미하게 흔들리고 있었다.

그랬기에 아무리 뚫어지게 쳐다봐도 그가 진짜 존재하는 인간인지 구별이 되지 않을 정도였다.

하지만 그의 섬뜩한 목소리만큼은 대전 안에 쩌렁쩌렁 울려 퍼지고 있었다.

크리스티안이 벌벌 떨면서 이야기하는 것도 이해가 갈 만했다.

—그렇다면 그놈부터 죽이면 될 것 아닌가?

"죄송합니다. 사자시여. 그게 그리 간단하지가 않습니

다. 그의 곁에는 항상 그를 보호해 주는 기사단이 함께하고 있거든요. 그리고 아직 그를 죽이면 안 됩니다. 그랬다가는 애초 계획에 큰 차질이 빚어 질 수 있습니다."

—네놈이 뭘 하든 그건 관심 없다. 오로지 약속한 날짜가 점점 다가온다는 것이 중요할 뿐…….

권력을 위해서라면 형이라고 해도 충분히 죽일 수 있는 위인이 크리스티안이다.

과거에도 이미 동생인 루카스를 죽이려고 하지 않았던가.

하지만 왕실의 권력 구조는 그렇게 간단한 것이 아니었다.

죽이려고 마음만 먹으면 간단하겠지만 그렇게 될 경우 자칫하면 다른 귀족들에 의한 쿠데타가 일어날 가능성도 있었다.

그건 그가 바라는 바가 아니었으며 마찬가지 이유로 바스티안도 거기까지는 참고 있었던 것이다.

하지만 피의 사자는 그런 문제에는 전혀 관심이 없었다.

"아직 방법은 많이 있으니 조금만 더 참아 주십시오. 반드시 사자님께서 만족하실 만한 결과를 만들겠습니다."

—나는 이제 당분간 전능하신 분께 다녀와야 하니 그때까지는 뭔가를 보여주어라. 그렇지 않으면 너의 몸은 완전

히 내 것이 될 것이리라.

"목숨 걸고 최선을 다하겠습니다!"

도대체 피의 사자 정체가 무엇인지 알 수 없었지만 그는 자꾸만 크리스티안의 몸을 원하고 있었다.

그래서인지 크리스티안은 그가 그런 말을 할 때마다 온몸을 떨며 식은땀을 흘릴 수밖에 없었다.

누구라도 자신의 몸을 뺏어 가겠다고 하면 마찬가지겠지만…….

—그분이 곧 이 땅에 강림하실 날도 이제 머지않았다. 그때까지 살아남게 되면 너 역시 그분과 함께 영원히 부귀를 누리리라. 하지만 게으름을 부린다면…… 그게 너의 최후가 될 것이다.

"명심하겠나이다."

슈르르르~

크리스티안의 대답이 끝나기가 무섭게 사자의 모습이 흐늘거리며 사라져 갔다.

그러자 동시에 실내 가득 뒤덮여 있던 어둠의 기운도 소멸되었다.

그것으로 크리스티안은 그가 완전히 갔다는 것을 느낄 수 있었다.

"으음……. 저분의 기세는 날이 갈수록 더욱 살벌해지는 것 같구나. 저 힘을 이용할 수 있게 된다면 나는 칼론 왕국 뿐 아니라 제국도 집어삼킬 수 있게 되리라. 크흐흐 흐……."

아직도 남아 있는 두려움을 감추기 위해 그는 일부러 더 괴이한 웃음을 터트렸다.

하긴 그의 논리에 따르면 어차피 세상은 약육강식의 논리가 지배한다.

빌빌 걸이며 목숨만 겨우 연명하느니 위험을 감수해서라도 힘을 기르는 것이 훨씬 낫다고 생각했다.

그리고 피의 사자와 그가 떠받들고 있는 전능의 존재라면 대륙 최고의 힘을 주고도 남을 것이었다.

그가 그렇게 괴소를 흘리고 있을 때 그곳에서 빠져나간 피의 사자는 마치 귀신인 양 순식간에 왕궁을 벗어나더니 아무도 없는 숲속에 그 모습을 드러냈다.

"주인님의 명령만 아니었어도 그냥 씹어 먹었을 텐데…… 볼 때마다 아쉽구나."

그는 어둠이 완전히 덮여 있는 숲 속에서도 잘 보이는지 이리저리 살펴보다가 갑자기 한곳에 멈추어 서더니 이렇게 중얼거렸다.

방금 전 크리스티안의 앞에서 보여주었던 모습과는 뭔가 달라 보이는 느낌이다.

그때는 무섭기는 해도 무거운 분위기를 풍겼었다면 지금은 그보다 더욱 사악하고 탐욕스러운 모습이다.

그런데 그는 무엇을 하기 위해 숲속에서 이리저리 움직이고 있는 것일까? 하는 궁금증이 일어날 즈음 갑자기 그가 한곳에 멈추어 서더니 양손을 높이 치켜들며 알 수 없는 주문을 외우기 시작했다.

"어서 서둘러 가야겠구나. 오늘 밤에는 나 외에 다른 녀석들도 올 테니… 괜히 늦게 가서 비교당할 필요는 없겠지. 마하무라 디도스… 카스메카 도띠~ 마라함~!!"

번쩍! 휘류류류류~~~!

그러자 말로 형언할 수 없을 만큼 강렬한 빛이 터졌다.

그리고 동시에 그의 모습은 감쪽같이 사라졌다.

마법진을 그리지도 않은 채 적정한 장소를 찾아 단숨에 사라지는 이것은 바로 고위급의 텔레포트 마법이었다.

지난번 멀린이 썼던 텔레포트는 마법진을 그려야 하고 또 준비하는 시간이 꽤 걸려야 가능했다.

하지만 방금 피의 사자가 펼친 종류는 놀랍게도 무려 7서클 마법이었다.

그리고 현 대륙에서 인간 최후 단계라는 7서클의 마법을 쓸 수 있는 대마법사는 제국의 마법사 알투비에스밖에는 없었다.

하지만 피의 사자는 절대로 알투비에스는 아니었다. 그는 대체 누구일까? 아직은 알 수 없었다.

2

피의 사자가 텔레포트로 날아간 곳은 엄청나게 크고 천장이 높은 대전이었다.

그는 대전 입구에 나타나자마자 잠시 매무새를 살펴보더니 곧 문 앞으로 다가갔다.

"어서 오십시오, 피의 사자님. 어서 안으로 들어가시지요. 주인님께서 기다리고 계십니다."

"고생들이 많군. 다른 사자들도 왔는가?"

"암흑의 사자님과 고통의 사자님도 방금 전에 오셨습니다."

"알았네. 어서 문을 열어주게."

환한 곳에서 드러났지만 여전히 피의 사자의 모습은 알아볼 수가 없었다.

검은 로브에 모자를 깊숙이 눌러쓰고 있었기 때문이다.

그러나 대전 앞을 지키고 있는 자들의 모습은 실로 놀라웠다.

좌우 모두 귀가 길고 키가 큰 엘프 종족이었던 것이다.

게다가 그들은 피부색이 약간 검고 눈빛이 암갈색으로 빛나는 것으로 보아 일반 엘프가 아닌 다크 엘프가 분명했다.

아직도 대륙에 가끔 엘프가 등장하는 경우는 있었지만 다크 엘프는 전설 속으로 사라진 지 오래다.

인간의 기록된 역사에 의하면 천 년 전 '최후의 전쟁' 에서 어둠의 편에 섰다가 패하는 바람에 모두 사라진 것으로 되어 있었다. 그런 그들이 버젓이 나타나다니…….

만일 이 사실이 알려지면 대륙이 발칵 뒤집힐 노릇이었다.

그런 데다가 피의 사자는 다크 엘프마저 고개를 숙이고 있었다.

알면 알수록 신비한 자였다.

그그긍…….

어쨌든 그런 가운데 거대한 대전의 문이 열렸다.

저절로 열리는 것으로 보아 마법의 장치가 되어 있는 것 같았다.

그렇게 피의 사자가 들어선 대전은 그야말로 입이 딱 벌어질 만한 모습을 하고 있었다.

우선 넓었다.

넓어도 어찌나 넓었는지 그가 들어선 입구에서 사람들이

모여 있는 것 같은 곳의 모습이 보이지 않을 정도다.

실내에 이렇게 큰 공간이 있다는 게 도저히 믿어지지 않을 정도다.

그게 다가 아니었다.

대전을 받히고 있는 기둥들은 모두 황금으로 이루어져 있었으며 각종 치장들도 형언할 수 없을 만큼 값진 보석으로 이루어져 있었다.

이 대전 안에 있는 이러한 보석들의 가치만 해도 상상을 초월할 정도였다.

그러나 피의 사자는 이곳이 익숙한지 들어서자마자 플라이 마법과 패스트 마법을 동시에 사용해 빠르게 앞으로 나아갔다.

그러자 곧 높은 곳에 앉아 있는 신비한 인물과 그 앞에 공손한 태도로 시립해 있는 두 사람이 눈에 들어왔다.

"신, 피의 사자 반디메디움이 위대하신 주인님을 뵈옵니다."

"하암……. 늦었구나."

"죄, 죄송합니다."

"됐다. 어서 자리에 앉기나 해라."

크리스티안 앞에서는 그렇게 무서운 존재 같더니 태사의에 앉아 있는 인물 앞에서는 고양이 앞의 쥐가 따로 없었다.

그는 그 앞에 도착하자마자 얼른 모자를 벗고 그대로 바닥에 부복하며 늦은 것에 대한 사죄부터 했다.

그러나 태사의의 인물은 그런 것에는 관심도 없다는 듯 하품까지 하며 오른손을 살짝 흔들었다.

입 다물고 앉아 있으라는 뜻이다.

그런데 의외로 그 인물은 무척 젊어 보였다. 아무리 많이 봐주어도 이십대 중후반 정도였다.

하지만 신기할 정도로 그의 몸에서 흘러나오는 위압감은 무시무시했다.

"감사합니다!"

"이제 롤커메시옴만 오면 되나?"

"그렇사옵니다. 주인님께서 기다리고 계신데 아직도 오지 않다니……. 파멸의 사자를 크게 벌하여 주십시오."

이들은 모두 태사의에 앉아 있는 인물을 주인이라고 불렀다.

게다가 일반 종들이 주인을 대하는 것보다 훨씬 조심스러웠으며 그를 몹시도 경외하고 있는 것 같았다.

"됐다. 귀찮게 벌은 무슨……. 늦을 때도 있는 거지. 우리가 지난 세월 동안 기다렸던 것을 생각해 봐라. 그 시간도 지나왔는데 겨우 한두 시간 정도 가지고 그럴 필요 없다."

"주인님의 너그러우신 말씀에 소신들은 그저 감읍할 따름입니다."

주인이라는 자는 젊은 데다가 인상도 좋은 편이었다.

아니, 알고 보면 사실 무척이나 잘생겼다.

거리에 나서면 여자들이 침을 흘릴 정도다.

그런 사람이 이렇게 이야기를 하고 있으니 더 괜찮아 보였다.

피의 사자가 잔인하고 음흉한 모습을 보였던 것을 생각해 보면 도무지 이해가 가지 않을 정도이다.

"쓸데없는 소리 그만하고 반디메디움도 어서 일어나라."

"주인님의 은혜에 감사드립니다."

어쨌든 주인이라는 자가 이렇게 말하자 바닥에 코를 처박고 있던 피의 사자가 일어나더니 다른 자들의 옆으로 가서 섰다.

그리고 이때서야 그의 진면목이 드러났는데 그 모습이 그야말로 충격적이었다.

앙상한 뼈만 남아 있는 해골…… 놀랍게도 그는 바로 리치였다.

영원히 마법의 길을 연구하기 위한 사람들이 있었다.

그들은 오랜 연구 끝에 자신의 영혼을 유리병 속에 가둠으로 인해 끝없이 살아갈 수 있는 길을 찾아냈다.

그 유리병은 매우 희귀한 돌로 만들어지며 유리병이 깨지기 전까지 영원히 살아갈 수 있었다.

하지만 영혼이 없는 육체는 죽어가며 썩어 들어가 결국 뼈만 남게 되는데 그들을 바로 리치라고 불렀다.

그리고 대부분의 리치는 이 과정에서 어둠의 길로 빠져들게 된다.

게다가 이 자리에 있는 자들은 주인이라는 자 빼고는 모두 같은 리치였다.

단 하나만 있어도 세상을 지배할 수 있을 만큼 강력한 리치들이 무려 셋. 아니, 지금 오지 않은 자까지 모두 넷이나 존재하다니…….

실로 소름 끼치는 일이 아닐 수 없었다.

"됐고 지루하니 너희부터 보고해 봐라. 지마드리옴이 가장 먼저 왔으니 너부터다."

"고통의 사자 지마드리옴, 주인님의 명을 받들겠습니다. 우선 해론 왕국은 이제 조만간 내란에 휩싸이게 될 예정입니다. 왕비를 철저하게 세뇌시켜 놓았으니 절대 계획에 차질은 없을 것입니다."

해론 왕국은 칼론 왕국에서 꽤 멀리 떨어진 곳이었다.

가만 보니 사자들은 각자 왕국 하나씩 맡아서 뭔가 은밀한 음모를 꾸미고 있는 모양이다.

"암흑의 사자 카신단데옴 보고드립니다. 아함즈라 왕국은 이미 피의 숙청이 시작되었습니다. 의심이 많은 국왕을 이용해 그의 형제들과 숙부들까지 모조리 제거하게 만들고 있습니다. 이제 곧 주인님께서 만족하실 만한 상황이 벌어지게 될 것입니다."

"좋군. 다음……."

고통의 사자와 암흑의 사자들이 해놓은 일이 마음에 들었는지 주인이라는 자는 고개를 끄덕이며 이렇게 말했다.

그러자 피의 사자 반디메디옴이 일어섰다.

"칼론 왕국도 상황은 비슷합니다. 겉으로 보기에는 잠잠한 것 같지만 머지않아 왕자들의 난이 일어날 시기가 무르익고 있습니다. 특히 둘째 왕자는 제가 주입한 마법으로 인해 점점 더 피를 그리워하는 체질로 바뀌고 있는 실정입니다. 주인님께서 기대하셔도 좋으실 겁니다."

"내가 참고 지낸 지도 어언 천 년이 지났다. 이제 겨우 이 년 정도만 더 지나면 모든 제약은 풀린다. 참으로 길고도 지루한 시간이었지. 하지만 이번에 세상에 나가게 되면 지난번과 같은 실수는 또다시 없을 것이다. 그날을 위해 너희도 더 열심히 뛰어라. 그래야 나 아함브로친스키의 세상에서 영원한 부귀영화를 누리리라. 크하하하!"

"더욱 충성하겠습니다!"

리치 셋의 보고가 끝나자 그들의 주인은 이렇게 말하더니 광소를 터트렸다.

그 웃음이 어찌나 크고 섬뜩한지 조금 전까지 그가 보여주었던 이미지와 완전히 달라 보였다.

게다가 그의 입에서 튀어나온 이름은 그 모든 것을 뒤엎을 만큼 충격적이었다.

아함브로친스키는 천 년 전 이 대륙을 통째로 집어삼키려다가 다른 드래곤들의 연합 세력에 의해 마법 뇌옥에 갇혔던 레드 드래곤의 이름이었던 것이다.

그가 어떻게 그곳을 탈출했는지는 몰라도 그의 말대로 모든 제약이 풀려서 세상으로 나온다면 그건 바로 무서운 재앙이었다.

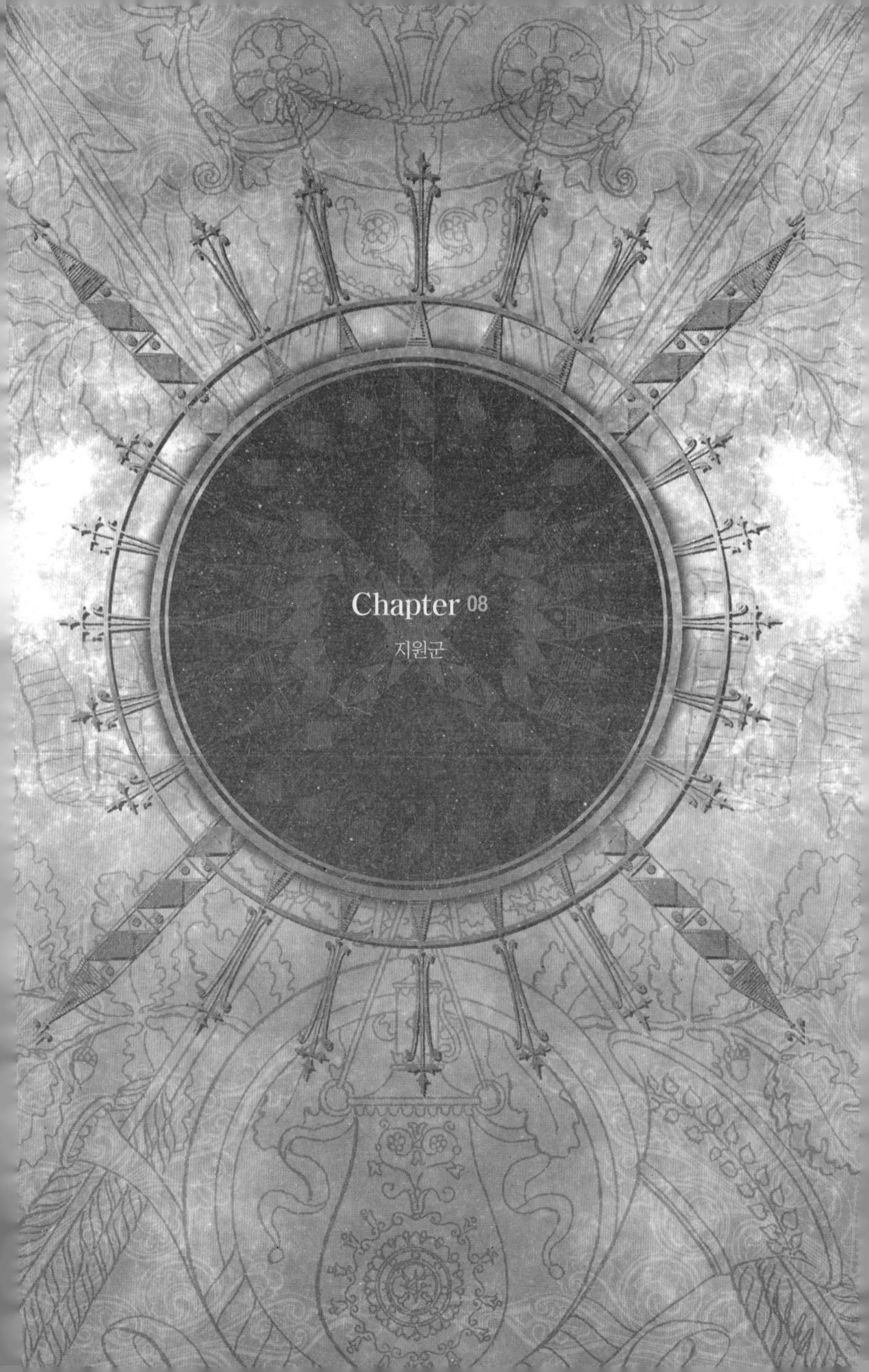

Chapter 08

지원군

1

태양이 강렬하게 내리쬐고 있는 한낮의 관도상에 일단의 무리가 나타났다.

처음에는 단 두 명만이 말을 타고 등장하더니 그 뒤를 이어 그야말로 입이 떡 벌어질 만큼 어마어마한 병력이 보이기 시작했다.

"우리가 이런 시골 영지까지 와야 하다니……. 아무리 명령이라지만 기분이 썩 좋은 것은 아니군요."

"하지만 각하께서 특별히 그대와 나를 믿기에 이런 중책을 내린 것이니 너무 그렇게 투덜거리지 마시오."

그 무리 가운데 멋진 갑옷을 차려입고 무리를 이끌고 있는 기사 한 명과 그와 나란히 달리고 있는 마법사가 가장 눈에 띄었다.

특히 기사의 불평에 부드러운 말투로 타이르듯 말을 하고 있는 마법사는 주황색 로브를 입고 있어서 더욱 무리 가운데 두드러져 보였다.

로브 색깔이 주황색이면 그의 마법 실력이 5서클에 도달해 있음을 뜻했다.

"그건 알고 있지만 여기는 너무 구석진 곳 같습니다. 이런 시골 영지전에 우리까지 동원되다니 너무 과한 것 아닌가요? 무엇보다 칼베르토 마법사님까지 함께 가게 될 줄은 상상도 못했었습니다. 출발 직전에서야 각하의 말씀을 듣고 얼마나 놀랐던지……."

"시골이라고 하지만 지금 상대 진영에는 소드 마스터가 있다는 소문이 돌고 있는 것 모르시오? 그게 진실이든 아니든 단데스 영지군과 크롤 영지군을 순차적으로 물리칠 만큼 대단한 실력자임은 분명하오. 그리고 우리에게는 더 중요한 임무도 있지 않소? 그것을 잊지 마시오."

기사의 나이는 삼십대 중반쯤으로 보였고 마법사는 육십대 중후반 정도 된 것 같았다.

두 사람의 나이 차이가 커서 그런지 기사는 마치 어리광을 부리듯 계속 불만을 쏟아내었고 마법사는 그런 그를 은근히 달래주는 것처럼 보였다.

모르는 사람이 보면 조손 지간이 아닐까 싶을 정도다.

"원래 시골이 다 그렇지요. 촌놈들이 뭘 알겠습니까? 그저 검에서 오러가 올라오는 것만 보여주어도 소드 마스터라고 호들갑을 떨겠죠. 실제로 과거부터 종종 시골 영지에서 소드 마스터가 나타났다고 했던 경우가 몇 번 있지 않았습니까? 조사해 보면 겨우 익스퍼트 초급에 불과했지만요. 그리고 지금 우리가 가고 있는 크롤 영지만 해도 그렇습니다. 명색은 백작 가문이지만 우리 각하께서 나오신 이후부터 몰락하기 시작해서 지금은 크롤 영지나 렌탈 영지나 그 나물에 그 밥 아니겠습니까? 겨우 그 정도를 이겼다고 이렇게까지 우르르 몰려갈 일은 아니라고 생각합니다."

"이보시오, 가롯 단장. 원래 호랑이는 아무리 하찮은 짐승을 사냥하더라도 최선을 다하는 법이오. 아직도 우리 각하의 성격을 모르시오? 게다가 크롤 영지는 각하의 친가 아니오? 그곳에 대한 마음은 남다르다 이거요. 우리는 각하께 바로 그곳을 선물해야 하는 입장이오. 그런데 다 망가진 채로 드릴 수는 없는 것 아니오? 그러니 최대한 빨리 전쟁을 끝내고 깔끔하게 뒷정리나 잘합시다."

칼베르토라는 마법사의 입에서 놀라운 이야기가 흘러나

왔다.

크롤 영지를 자신의 각하에게 선물하겠다니…… 이게 대체 무슨 소리일까?

그들은 본래 크롤 백작의 요구에 따라 지원을 가고 있는 병력이었다.

하긴 애초에는 기사단과 병사들만 보내기로 되어 있었는데 무려 5서클이나 되는 마법사까지 함께 가고 있어서 뭔가 이상하기는 했다.

하지만 설마 그곳을 통째로 집어삼킬 생각까지 하고 있을 줄이야…….

"그것도 그렇겠군요. 전쟁으로 다 황폐해진 영지를 드릴 수는 없으니까요. 역시 칼베르토 마법사님은 생각이 깊으십니다."

"나이를 먹게 되면 매사가 신중해지는 법이오. 나도 그 나이 때는 단장 못지않게 조급한 마음이 많았다오. 아마 단장도 내 나이가 되면 더욱 신중해지고 차분해질 거요. 그렇게 되면 그대를 이길 수 있는 기사는 거의 없을지도 모르오."

두 사람은 결국 서로가 서로의 얼굴에 금칠을 해주고 있었다.

웃기는 이야기였지만 지금 그들 주변에는 수하들만 있었

기 때문에 그 누구도 그들에게 뭐라고 할 수는 없었다.

"단장님, 크롤 성이 보입니다!"

"나도 지금 보고 있다. 전군은 행군 속도를 늦춰라."

"행군 속도를 늦추라신다!"

히이잉~!

지금 이동하고 있는 병력 수는 천여 명이 넘었다.

그 가운데 선두를 달리고 있는 무리는 그 유명한 '블랙 기사단'이다.

모두 칠흑의 갑옷을 입고 있는 이들은 달리고 있는 것만으로도 기가 질릴 정도로 기세등등했다.

그들은 명령이 떨어지자 일제히 속도를 늦추는 묘기도 보여주었다.

"역사가 제법 있는 곳이라 그런지 성의 모습도 꽤 인상적이로군요. 그나저나 이쯤 오면 마중 나올 때도 된 것 같은데…… 왜 아직 아무도 안 보이는 것일까요?"

"우리가 이렇게 빨리 올 줄은 몰랐을 거요. 블랙 기사단이 워낙 빠르게 행군을 이끄는 바람에 예정일보다 하루 이상 빨리 오지 않았소?"

가만 보니 가롯이라는 자는 성질도 급하고 꽤나 권위적인 성향을 가지고 있는 것 같았다.

아무리 자신보다 작위가 높은 귀족이라 해도 지원군으로

온 사람들이니 미리 마중을 나오는 것이 맞다고 생각하는 모양이다.

그리고 그것은 칼베르토도 마찬가지였다.

"그렇지만 우리 인원만 해도 천 명이 넘습니다. 오고 있다는 것을 모른다는 게 더 이상하지요."

"내가 신호를 먼저 보낼 테니 참고 계시오. 라이트 밤(light bomb)~!"

휘류류류~~ 펑! 퍼펑!

가롯의 말에 칼베르토가 이렇게 대답하더니 곧 오른손을 추켜올려 신호용 마법을 시전했다.

그러자 그의 손끝에서 한 줄기 빛이 허공 멀리 날아가더니 어느 순간 화려하게 터졌다.

5서클 이상의 마법사만 시전할 수 있는 라이트 밤이 펼쳐진 것이다.

"우와~! 칼베르토 마법사님. 멋지십니다!"

"허허……."

마법을 보고 모든 병사가 환호성을 질렀다.

먼 길을 행군해 오느라 심신이 지쳐 있었는데 이럴 때 눈을 호강시켜 주는 마법을 보고는 기분이 좀 나아진 것 같았다.

그래서인지 칼베르토도 그런 병사들에게 손을 들어 화답

하며 가볍게 웃어주었다.

“촌놈들이 칼베르토 마법사님의 마법을 보고 전부 놀라 자빠지겠군요. 그 녀석들이 5서클 마법을 구경이나 해봤겠습니까?”

“별것도 아닌데 너무 그러지 마시오. 괜히 낯 뜨겁소.”

가롯은 이쪽 영지 사람들을 무척이나 깔보고 있는 것 같았다.

하긴 그의 말처럼 크롤 영지도 한참 지방인 것은 맞다.

그러니 5서클 마법을 볼 기회가 거의 없는 것은 사실이다.

“성문이 열렸습니다!”

“누가 나왔느냐?”

“크롤 백작님의 깃발이 보이는 것으로 보아 백작님께서 나오시는 것 같습니다!”

바로 그때 선두에 있던 기사 한 명이 이렇게 외쳤다.

그러자 가롯과 칼베르토의 얼굴에 흐뭇한 미소가 떠올랐다.

백작이 직접 마중 나온다는 것이 그들의 기분을 한껏 높여준 것 같았다.

2

지원군의 총 병사는 모두 일천일백 명이다.

그 가운데 '블랙 기사단' 이 백 명이었고 기사단과 말머리를 함께했던 기마부대가 사백 명이나 되었다.

그리고 나머지가 보병들과 각종 공병 무기를 다룰 수 있는 특수부대 인원들이다.

말이 좋아 지원군이지 어지간한 영지군보다 훨씬 완벽한 짜임새였다.

어쨌든 성안으로는 가장 먼저 기사단이 들어갔고 그 뒤를 기마대와 공병 무기를 싫은 달구지와 마차 부대가 따랐으며 마지막으로 보병들이 들어갔다.

크롬 백작까지 나와서 마중을 하고 있어서 그런지 성안으로 들어가는 지원군의 위세가 더욱 대단해 보였다.

어쨌든 그들은 그렇게 환영을 받으며 안으로 사라져 갔다.

그런데 그때, 병사들의 부식과 군수 물품을 옮기는 마차의 아래에서 움직이는 뭔가가 포착되었다.

'형의 부탁대로 따라와 보길 잘했네. 내 판단이 정확했어. 뭔가 있다 싶었는데 결국 조카의 영지를 꿀꺽하시겠다 이거였군. 전쟁을 도와주는 척하고 은근슬쩍 영지의 군사력을 장악한 다음 끝이 나면 그걸 바탕으로 자연스럽게 집어삼키겠다는 계획이었어. 그렇다면 결국 크롤 백작은 쥐도 새도 모르게 죽게 될 테고 외부에는 전쟁 중에 사망한 것으로 알려지겠지. 그렇게 되면 영지의 유일한 상속자는 숙부밖에 없으니…….'

놀랍게도 마치 그림자인 양 마차 아래 달라붙어 있던 존재는 바로 욜라였다.

그녀는 마차와 마차 사이를 흐느적거리며 이동했고 때문에 그 누구도 그녀의 존재를 알아차릴 수 없었다.

얼마나 철저하게 기척을 감추고 있는 것인지 말들도 모를 정도다.

하긴 기감이 엄청나게 뛰어난 소드 마스터에게도 걸리지 않은 실력이니 오죽하겠는가.

어쨌든 그녀는 테우신 백작의 영지에서부터 지원군 속에 숨어서 따라온 것 같았다.

무려 열흘이 넘는 시간 동안 이런 식으로 묻혀온 것이니 기가 막히다 할 만했다.

그리고 그런 그녀의 수고는 숀에게 엄청난 정보를 줄 수 있게 되었으니 헛고생은 아니었다.

'드디어 건물 안으로 들어가는군. 이제 나도 좀 쉬어볼까?'

스르륵…….

그러는 가운데 블랙 기사단의 단장이자 지원군 사령관인 가롯과 마법군단장 칼베르토가 크롤 백작과 함께 관사 안으로 들어갔다.

그러자 그녀 역시 드디어 마차의 아래를 떠나 이번에는 건물 안으로 스며들듯 사라졌다.

"정말 먼 길에 고생들 많았소. 오늘은 환영회에서 즐겁게 먹고 마신 다음, 일단 삼사 일 동안은 푹 쉬기 바라오."

"겨우 이 정도 행군했다고 이삼 일씩이나 쉴 필요가 있겠습니까? 저희 부대원들은 평소 워낙 강도 높은 훈련을 해온 강군이라 곧바로 전선으로 투입해도 충분합니다. 다른 영지군들과는 다르거든요. 하하!"

크롤 백작은 모두가 자신의 집무실에 자리 잡고 앉자 이렇게 입을 떼었다.

자신을 도와주기 위해 온 사람들이라 그런지 평소의 그답지 않게 꽤나 예의 바른 태도다.

하지만 그 말을 받는 가롯은 좀 달랐다.

그는 은근히 크롤 영지군을 비꼬며 잘난 체를 했던 것이다.

'죽일 놈… 기사 주제에 감히 내 말에 대놓고 반발을 하다니……. 게다가 뭐가 어쩌고 어째? 다른 영지군과 다르다고? 지원군을 끌고 온 자라 지금은 참는다만 어디 두고

보자.'

크롤의 입장에서는 모욕도 이런 모욕이 없었다.

아무리 지방 영지의 주인이라고 해도 자신은 백작이다.

칼론 왕국을 모두 통틀어 서열을 매긴다고 해도 최소 이십 위권 안에는 들어가는 고위급 귀족이라는 말이다.

그런 그와 기사단장은 하늘과 땅만큼의 신분 차이가 있었다.

감히 고개를 바짝 치켜들고 말을 하지도 못할 정도라는 말이다.

그런데 그 정도까지는 아니더라도 아예 대놓고 자신을 비웃다니…… 이가 갈릴 만도 했다.

하지만 그의 비위를 틀어지게 했다가는 돌아갈 가능성도 있었기에 꾹 눌러 참을 수밖에 없었다.

"하긴 워낙 경험이 풍부하고 평소 훈련이 잘되어 있기로 유명한 병사들이니 그런 자신감을 가질 만도 하겠소. 그러나 병법에도 병사가 싸움에 임할 때는 조심 또 조심하라는 말이 있잖소? 상대가 아무리 하찮아 보여도 최대한의 컨디션을 유지하고 싸우는 것이 현명할 것이오."

"저 역시 백작님의 말씀에 동의합니다. 전투에서는 신중에 신중을 기하는 것이 필요하지요."

화가 나는 것을 참고 겨우 이렇게 말을 했더니 다행히 이번에는 눈치가 빠른 마법사 칼베르토가 동조하고 나섰다.

명색이 5서클 마법사인 만큼 그가 차지하는 비중은 엄청났다.

사실 크롤은 테우신 백작을 만날 때 마법사도 지원해 달라고 요구하고 싶었다.

그러나 마법사는 워낙 수가 적기 때문에 아예 말을 꺼내지도 못했었다.

그런데 테우신이 그의 마음을 알았는지 자신의 영지 마법사까지 보냈으니 그의 입장에서는 감격을 할 정도였다.

게다가 그 마법사는 지금 은연중 자신의 편까지 들어주고 있지 않은가.

'참으로 멍청한 인간이로군. 형보다는 나이가 많은 것 같은데 어쩜 저렇게 생각하는 것은 차이가 클까? 두 사람이 지금 서로 어르고 뺨치는 것도 눈치채지 못하고 저런 얼빠진 표정이라니… 쯧쯧…….'

어느새 크롤 백작의 집무실 천장에 손톱만 한 구멍을 뚫어 놓고 그들의 작태를 살펴보던 욜라는 속으로 혀를 차며 이런 생각을 하고 있었다.

대체 그녀가 숨어들지 못하는 곳이 있을까 싶을 정도로 무섭고 빠른 솜씨다.

하긴 이 정도 실력이 있으니 그렇게 귀족들이 눈에 불을

켜고 그녀에게 의뢰를 맡기지 못해 안달이겠지만…….

“두 분 말씀도 충분히 일 리가 있긴 합니다. 하지만 어쨌든 우리는 지금 전쟁 중이라고 할 수 있습니다. 모르긴 몰라도 이미 렌탈 영지 쪽에서도 우리의 움직임을 충분히 알고 있을 것입니다. 그리고 그들도 지금 두 분처럼 생각하고 있겠지요. 열흘 이상을 행군해 온 군대이니 최소 삼사 일은 쉴 것이라고 말입니다. 제 말은 이럴 때 바로 허를 찌르자는 겁니다. 내일 하루만 쉬고 모레 곧장 공격을 하게 되면 그들도 어느 정도 방심하고 있을 터라 큰 성과를 볼 수 있을 게 분명합니다. 그리고 그게 바로 최상의 병법 아니겠습니까?”

“흐음……. 듣고 보니 가롯 사령관의 말도 일 리가 있는 것 같소. 그럼 환영식이 끝난 후 그 부분에 대해 좀 더 논의를 해보도록 합시다. 지금 곧 적의 동태를 살피고 있는 척후병을 불러들일 테니…….”

의외로 가롯은 멍청하게 잘난 체만 하는 자는 아닌 것 같았다.

비록 간단한 전략이었지만 지금 상황에서 거기까지 생각해 내는 것도 그리 쉬운 일은 아니었다.

그리고 이처럼 간단한 전략이 의외의 효과를 보는 경우도 많았다.

그 점을 깨달았는지 이번에는 크롤도 그의 의견을 무시하지 않고 이처럼 신중하게 대답했다.

그에 대한 감정이 좋든 나쁘든 어쨌든 두 사람은 지금 같은 편 아니겠는가.

'정말 놀랄 노자로군. 이런 상황이 벌어질 것이라고 형이 한 말과 하나도 다르지 않네. 내가 했던 보고 하나만 가지고 지원군의 성향이나 그들과 크롤 백작 간에 오가는 이야기까지 다 똑같다니… 휴우……. 정말 괴물은 괴물이야. 그나저나 그 덕분에 일이 점점 더 재미있어지네. 어디 이후도 형 말대로 이루어지는지 지켜보는 즐거움도 생기고 말이야. 호호.'

목석이라고 해도 믿을 정도로 감정이 메말라 있었던 욜라의 입에서 아주 작기는 했지만 분명 웃음소리가 흘러 나왔다.

그녀를 알고 있는 사람들이 보았다면 기절초풍할 일이었다.

3

모의전투가 끝난 지도 벌써 두 달이 흘렀다.

그사이 렌탈 영지군들은 그야말로 훈련에 훈련을 거듭해

왔다.

당장 언제 적이 쳐들어올지 모르는 상황이었기에 그들은 모두 혼신의 힘을 다해 훈련에 임했다.

"더 빨리 뛰어! 지금 너희는 적의 기세를 제압하고 그들을 때려잡아야 한다. 그런데 그렇게 비실거려서야 되겠어! 어서 뛰란 말이다!"

"네! 헉헉……."

오늘도 넓은 연병장에서는 기사대장 벨룸이 쉼 없이 소리 지르며 병사들을 독려하고 있었다.

도대체 얼마나 뺑뺑이를 돌렸는지 이미 마나를 느끼는 단계에 접어든 병사들임에도 불구하고 모두 눈이 하얘질 정도로 헐떡거리고 있었다.

그렇지만 누구 한 명 도태되거나 요령을 피우는 자는 없었다.

최근 들어 훈련의 강도는 살벌할 정도로 높아졌지만 대신 그만큼 잘 먹여주었고 대우 또한 최고였기에 그럴 이유가 없었다.

괜히 요령 부리다가 잘리기라도 하면 더욱 후회할 게 뻔했다.

"고생이 많군."

"충성! 어서 오십시오, 총사령관님."

"자네에게 할 이야기가 있으니 병사들도 일단 쉬게 하게."

"알겠습니다."

그렇게 한창 정신없이 뛰고 있을 때 병사들의 구세주(?)가 등장했다. 바로 숀이다.

그가 벨룸에게 이런 지시를 내렸고 그 덕분에 거의 죽을 것 같았던 병사들은 달콤한 휴식을 얻을 수 있었다.

그러니 구세주로 보일 수밖에…….

"드디어 그들이 움직이기 시작했다는 연락이 왔네."

"그들이라면……."

"크롤 백작의 지원군이 마침내 인근까지 내려왔다더군."

이미 모두가 예상했던 전쟁이었지만 막상 코앞에 닥치게 되니 긴장되는 것은 여전했다.

그래서인지 숀의 말에 벨룸은 자신도 모르게 주먹을 움켜쥐었다.

"이번에야말로 본때를 보여주어야겠군요. 우리 병사들이 훈련에 임한 기간은 그리 길지 않지만 사령관님의 놀라운 마나 수련법을 연공했기 때문에 최상의 컨디션을 유지하고 있는 상태입니다. 외람된 말씀이지만 솔직히 저는 이런 부대를 이끌고 전쟁을 하게 되었다는 것이 행복할 정도입니다. 생각해 보십시오. 전 병력이 소드 익스퍼트 비기너급 이상인 군대라니……. 이건 그야말로 환상 아닙니까?"

"훗, 자네 진짜로 흥분했군. 그러나 전쟁에서는 절대로 감정의 기복이 생겨서는 안 되네. 아무리 강한 군대라도 지휘관이 자만하면 무조건 패한다네. 그 점을 명심하게."

알고 보니 벨룸은 긴장한 것이 아니라 묘한 기대감 때문에 흥분했던 모양이다.

대체 그 짧은 시간 동안 얼마나 엄청난 훈련을 했기에 기대를 할 정도란 말인가.

손은 그의 그런 모습이 보기 좋았지만 일부러 분위기를 진정시켰다.

그의 말대로 자신감이 넘치는 것은 좋지만 그게 교만으로 이어져서는 안 되기 때문이다.

'왜 예전에는 이런 즐거움을 몰랐을까? 그때는 뭐든 혼자 하려고 했었지. 그게 편하고 간단하기는 했지만 전투가 끝나고 나면 기쁨 이상의 고독함이 밀려왔었다. 그런데 지금은 전혀 다르다. 이들을 가르치고 그로 인해 성장하는 모습을 지켜보는 것만으로도 이렇게 뿌듯함이 느껴질 줄이야……. 만일 이들이 이 상태로 더욱 발전한다면 대륙의 무적 군단으로 군림하게 될지도 모른다. 아니, 내가 그렇게 만들어야겠다. 무적 군단을 거느리고 있는 기분도 꽤 괜찮을 것 같거든. 크크…….'

그러나 속으로는 이런 생각을 하며 키득거렸다.

그는 요즘 말 그대로 살맛이 났다.

전생에서는 지금보다 훨씬 큰 명성을 가지고 있었고 무소불위라고 할 정도였다.

그랬기에 못할 것도 없었고 원하는 것은 무엇이든 손쉽게 얻을 수 있었지만 이런 기분은 느낀 적이 없었다.

"사령관님의 말씀, 각골명심하겠습니다!"

"그렇다고 너무 위축될 필요도 없네. 원래 병사들을 이끄는 지휘관은 언제든지 자신감과 자만감 사이에서 아슬아슬한 줄타기를 해야 한다네. 어차피 병사들의 사기를 높이려면 지휘관은 늘 자신감이 넘쳐야 하는데 그게 잘못하면 자만심으로 바뀔 수도 있거든. 하지만 아무리 그렇다고 해도 소심하게 눈치만 보는 것보다는 훨씬 낫네. 소심한 지휘관은 병사들의 사기를 저하시켜 승리할 수 있는 전투도 망치기 쉽거든."

숀의 말을 들으며 벨룸은 속으로 놀라고 있었다.

'거참, 알 수가 없단 말이야. 대체 이분은 언제부터 병법을 공부하셨을까? 지니고 있는 검술 실력도 이해가 가지 않지만 병법은 물론 지휘관의 태도까지 이처럼 잘 알고 계시다니……. 마치 전쟁을 수십 번은 해본 노장 같다니까. 이런 분을 몰라뵙고 처음에 그렇게 까불었으니 나도 참…….'

숀의 나이는 이제 열아홉 살이다.

외부적으로는 스무 살이 넘은 것으로 알려져 있었지만 그는 그 점을 정확히 알고 있었다.

그가 처음 숀을 만났던 작년 그의 나이가 열여덟 살이었으니 당연했다.

하지만 그의 모든 능력은 절대로 그 나이에 이룰 수 있는 수준이 아니었다.

검술 한 가지만 해도 평생을 익혀도 힘든 경지에 올라서 있었으며 병법과 영지 운영에 관련된 지식 수준도 그에 뒤지지 않았다.

거기에다가 의술은 또 어떤가?

지난번 전쟁 때 크게 다쳤던 병사들이나 기사들 치고 그의 손길이 닿지 않은 사람은 없었다.

그가 미처 치료하지 못했으면 병신이 되었을 자들도 지금은 모두 건강하게 훈련에 임하고 있었다.

영지민들 사이에서는 그가 소드 마스터라 존경하는 것보다 신의이기에 존경하는 것이 훨씬 클 정도였다.

그러니 시간이 흐를수록 벨룸 뿐 아니라 모든 사람들의 눈에 숀은 불가사의한 존재로 부각될 수밖에…….

"무슨 뜻인지 알 것 같습니다. 그리고 이렇게 귀한 말씀을 해주셔서 너무 감사드립니다. 덕분에 머리가 다 시원해지는군요.”

“역시 자네는 발전 가능성이 높군. 그런 자세야말로 검을 쥐고 살아가는 사람에게 가장 필요하지.”

벨룸의 첫인상은 그리 좋지 않았었다.

그때만 해도 숀은 독불장군격의 성향이 강했기에 자신을 심하게 경계하던 그에게 좋은 느낌을 받을 수 없었다.

그러나 알면 알수록 벨룸은 쓸 만한 사내였다.

“감사합니다. 모두 사령관님의 가르침 덕분입니다.”

“그렇게 말해줘서 고맙네. 참, 그건 그렇고 이제 오늘부터는 병사들을 마나 연공만 시키도록 하게. 이미 육체 단련은 넘치도록 한 것 같으니 지금은 마음을 수련하는 것이 훨씬 나을 거야. 괜히 힘을 더 빼다가는 실전에서 지칠 수도 있거든. 내가 온 것도 그 점을 강조하기 위해서지.”

알고 보니 숀은 적의 침공을 대비해 병사들에게 휴식을 주려고 온 것이었다.

이미 그는 욜라라는 최고의 정보원을 두게 되었기 때문에 적의 움직임을 손바닥 들여다보듯 알고 있었다.

그런 이상 바보처럼 병사들을 지치게 만들 이유는 더더욱 없었다.

“무슨 말씀이신지 알겠습니다. 명하신 대로 즉각 시행하겠습니다. 그런데 파비앙 아가씨는 어떻게 할까요?”

“갑자기 그건 또 무슨 말인가? 아가씨에게 일이라도 생겼는가?”

말을 마치고 돌아가려는 숀은 파비앙의 이름이 나오자마자 그 자리에 멈춰 섰다.

그리고는 곧바로 이렇게 물었다.

평소 그의 지독할 만큼 차분한 모습과는 대조되는 태도다.

Chapter 09

기습 대 매복

1

렌탈 성의 후문을 따라 나서서 가다 보면 뒷산으로 이어지는 길이 나온다.

그리고 그 길로 약 한 시간 정도 들어가면 기가 막히게 아름다운 호수가 펼쳐져 있다.

비록 작은 저수지 수준에 불과한 호수였지만 그곳의 중앙에는 미니 섬도 있어서 마치 한 폭의 그림을 그려놓은 것 같은 정취를 풍겼다.

"허어… 성과 가까운 곳에 이렇게 환상적인 곳이 있었다니……. 진작 돌아볼 걸 그랬구나."

바로 이곳에 누군가가 감탄과 함께 나타났다.

바로 숀이다.

그는 지금 기사 대장 벨룸의 말에 따라 파비앙을 찾기 위해 여기까지 온 것이다.

“어쩌면 벨룸이 너무 오버해서 걱정한 것인지도 모르겠구나. 이런 곳에서 내공을 연마하게 되면 확실히 성 안에서 하는 것보다 효율적이겠어. 가만… 저쪽에서 소리가 들리는군. 어디 가볼까?”

스르륵…….

가볼까? 하는 끝말은 그의 모습이 허공으로 사라진 다음에야 들려왔다.

은밀하기는 했지만 그만큼 빠른 속도로 움직인 탓이다.

아마 이런 모습을 욜라가 보았다면 그 자리에 넙죽 엎드리고 스승으로 모시겠다고 했을지도 모를 정도다.

“스읍… 합… 하아…….”

그가 향한 곳은 아름다운 호수가 한눈에 내려다보이는 숲속의 언덕이었다.

희한하게 이곳 근처에는 바위들이 널려 있어 앉아서 내공을 수련하기에는 최상이라고 할 만했다.

그리고 그것을 알고 왔는지 정중앙에 있는 바위 위에 그녀의 모습이 보였다.

손은 그곳에서 제법 거리가 떨어져 있는 소나무 위에 등장했다.

비록 약하디약한 꼭대기의 가지였지만 그는 느긋하게 거기에 걸터앉더니 한 손으로 턱을 괴며 파비앙을 관찰했다.

"호흡이 제법 안정되었구나. 거참… 저 아가씨가 중원에서 태어났다면 희대의 여고수가 되었을지도 모르겠군. 내공을 연마하는 속도가 장난 아니네. 저런 집중력이면 앞으로 일 년 내로 엄청난 실력자가 되겠어. 이 대륙에서는 말이야."

아무리 멀어도 손에게는 코앞이나 마찬가지다.

만일 파비앙이 어쩌다 그가 있는 곳을 본다 해도 거기에 사람이 있다는 것조차 알기 힘들 정도였지만 그는 지금 그녀의 숨소리까지 정확히 듣고 있었다.

그랬기에 이처럼 놀람에 찬 독백을 할 수 있었다.

이 대륙은 애초부터 중원보다 기가 충만하면서도 순수했다.

그랬기에 그도 그 짧은 시간에 무공을 되찾을 수 있었던 것이다.

손이 알려준 속성 내공심법을 알고 있는 사람이 수련에 같은 시간을 투자했을 때 중원에서 이십 년의 내공을 얻을 수 있다면 이곳에서는 백 년을 얻을 수 있을 정도다.

물론 숀이 익히고 있는 심법은 그보다 열 배 이상 우월한 효과를 얻을 수 있지만…….

"내가 알려준 '전진극명심법' 이 내공을 속성으로 늘리기에는 최고라고 할 수 있지만 겨우 두 달여 만에 십 년의 내력을 만들다니… 정말 놀랍구나. 이거 아무래도 저 정도에서 끝내야지, 더 가르쳐 주면 안 되겠어. 그랬다가는 내 마누라 하기 싫다고 도망갈 가능성이 높을 것 같아."

스테이크 줄 놈은 생각도 하지 않고 있는데 혼자 스프부터 마시는 격이다.

그는 이미 파비앙을 자신의 신붓감으로 정해 놓은 듯싶었다.

그랬기에 그녀의 실력이 너무 높아지는 것이 그리 반갑지 않은 모양이다.

그가 이상적으로 생각하는 아내감은 요조숙녀에 현모양처이다.

거칠게 검이나 휘두르는 여자는 결코 아니었다.

어느 정도까지는 애교로 봐줄 수 있지만 도가 지나친 것은 바람직하지 않았다.

"아무래도 안 되겠다. 슬슬 훼방을 놔야겠군."

결국 그는 소나무를 박차고 허공으로 떠오르더니 귀신처

럼 그녀의 등 뒤에 나타났다.

"어험……. 대단한 열정이로군."

"헉! 여기는 어떻게 알고……."

그는 행여 그녀가 크게 놀랄까 봐 일부러 헛기침을 하며 이렇게 운을 떼었다.

얼핏 보기에는 별것 아닌 것 같지만 그 기침 속에는 놀라운 무공이 숨겨 있었다.

만일 그가 한창 내공을 수련 중에 있는 그녀에게 갑자기 말을 걸었다면 자칫 주화입마에 걸릴 가능성이 높았다.

그러나 호흡과 호흡이 이어지는 사이를 헛기침이 교묘하게 파고들어 자연스럽게 내공 수련을 중단할 수 있게끔 도와준 것이다.

일종의 음공(音功)이었다.

그러나 그런 것은 꿈에도 모른 채 잔뜩 수련에 집중하고 있던 파비앙은 헛바람을 집어삼킬 만큼 놀랐다.

"내가 와서 실망했소?"

"아, 아니오……. 갑자기 나타나서서 놀랐을 뿐이에요."

여전히 숀은 그녀의 마음을 잘 모르고 있었다.

게다가 연애 초보자답게 말하는 것도 답답했다.

하긴 그가 유일하게 잘 모르고 있는 영역이 바로 이런 쪽 아니던가.

“아가씨가 홀로 숲 속에서 수련을 하고 있다는 말을 듣자마자 온 거요. 어째서 이런 일을 하고 있소?”

“지난 번 전쟁 때 제게 힘이 없다는 것이 너무 한심하게 느껴졌었거든요. 선생님의 가르침이 없었다면 지금도 여전히 똑같았겠지만요. 강해질 수 있는 길을 찾은 이상 최선을 다해보고 싶어요.”

이제 겨우 열다섯 살이다.

그러나 손은 강한 의지를 보이며 이렇게 말을 하고 있는 그녀가 매우 성숙하게 느껴졌다.

‘이렇게 말을 하니 더 도와주고 싶은 마음이 불쑥 일어나네. 휴우… 이게 아닌데……. 내 마누라가 검을 들고 설치는 모습을 볼 수는 없잖아. 어떻게 하지?’

방금 전만 해도 무조건 말리겠다는 심산으로 단숨에 날아왔건만 막상 그녀가 이렇게 말을 하자 금방 갈등이 생겼다.

이상하게 그녀라면 검을 들고 있어도 아름다울 것만 같았다. 실로 이해할 수 없는 순간이다.

“그렇게까지 강해질 필요가 있겠소?”

“당연하죠. 저는 영지민들에게 어버이와 같으신 분의 딸이잖아요. 영지민들은 저에게도 많이 의지하거든요. 그 사람들이 실망하는 모습을 보고 싶지 않아요. 그래서 저도 직접 검을 들고 그들을 지켜주고 싶었거든요. 저의 이런 생각이 잘못되었나요?"

두 눈을 동그랗게 치켜뜨고 자신을 빤히 바라보며 이렇게 이야기하자 손은 순간 모든 생각이 사라져 버렸다.

그 모습이 너무 아름답고 깜찍해서 그저 덥석 안고 싶다는 마음뿐이었으니 무슨 생각을 할 수 있겠는가.

"절대 아니오. 오히려 그대가 그렇게까지 영지민들을 아끼고 있다니… 감탄했소."

"그럼 앞으로도 제가 강해질 수 있도록 더 많은 것을 가르쳐 주실 거죠?"

"무슨 그런… 당연한 말씀을……."

돈 받으러 갔다가 오히려 돈을 더 빌려주게 된 꼴이 되어 버렸다.

천하의 누구도 그의 고집이나 생각을 바꿀 수 없었는데 이 작은 소녀가 그런 전력을 단번에 박살 낸 것이다.

그런데도 손은 기분이 나쁘기는커녕 그저 바보처럼 이렇게 대꾸했다.

"역시 선생님이 최고예요!"

"그, 그걸 이제 알았소? 아하하하……."

하지만 바보가 된 대가는 생각보다 훨씬 컸다.

상큼한 그녀가 그의 대답에 몹시 기분이 좋았는지 품속으로 와락 안겨드는 것 아닌가.

그 바람에 약간이나마 남아 있던 그의 미련은 한순간에 우주 저 멀리 사라져 버리고 말았다.

그리고 그의 바보 같은 웃음소리만이 아름다운 호수 위로 달리기 시작했다.

2

칠흑처럼 어두운 밤…… 산길을 타고 일단의 무리가 움직이고 있었다.

그들은 렌탈 영지의 방심을 노리고 기습작전을 펼치기 위해 투입된 '블랙기사단' 일백 명과 테우신 영지에서 지원 나온 기마병 이백 명이었다.

"대장님! 척후병이 돌아왔습니다!"

"잠시 행군을 멈추고 어서 그를 이곳으로 오라고 해라."

"네! 모두 행군을 멈추어라!"

이들은 모두 말을 타고 있었지만 말발굽 소리가 거의 들리지 않았다.

치밀하게도 그곳을 가죽으로 덧씌워 놓았기 때문이다.

그런 가운데 정찰을 위해 투입했던 척후병이 돌아왔다는 보고가 들어왔다.

그러자 가롯은 이런 명령과 함께 그를 불렀다.

"충성! 제3기마 부대 소속 병사 케르신이 대장님께 보고 드립니다!"

"그래. 적들의 동태는 어떻더냐?"

기마대 소속 병사는 한눈에 보기에도 날렵하고 눈치가 빠를 것 같았다.

하긴 그랬으니 정찰을 시켰겠지만…….

아무튼 그는 바짝 긴장한 모습으로 인사를 하더니 곧 자세를 가다듬고 자신이 보고 느꼈던 상황을 설명하기 시작했다.

"이곳에서부터 렌탈 영지까지 이어진 길에는 총 세 개의 초소가 있었습니다. 그런데 그곳을 지키는 병사들은 한눈에 보기에도 무척 방만한 태도를 보이고 있었습니다. 고참 병사들은 벌써 잠이 든 것 같았고 그마나 다른 녀석들도 반쯤은 졸고 있더군요."

"흐음……. 알 만해. 역시 내 예상대로 촌놈들답군. 아무리 오늘 쳐들어올 것 같지 않다고 해도 기본적으로 또다시 싸우게 될 영지 쪽인데 근무를 그따위로 서다니……. 그게 결국 자신들의 무덤을 판 결과가 되겠지만 말이야. 흐흐…

계속해 봐라."

보고가 시작되자마자 가롯은 특유의 건방진 미소를 지으며 마냥 기뻐했다.

자신의 작전이 들어맞고 있으니 신이 난 모양이다.

"그뿐이 아니었습니다. 렌탈 영지 성도 성문과 성벽 일부를 제외하고는 대부분 불이 꺼진 상태입니다. 그곳 주변을 두 시간 이상 돌아보았지만 그 어디에도 병력들이 움직이는 것 같은 기미는 보이지 않았습니다."

"확실한 게냐? 진짜 아무도 움직이지 않았느냐는 말이다."

"네! 저뿐 아니라 그때 함께했던 정찰조 네 명 모두 같은 결론을 내렸습니다!"

얼핏 보면 자만심이 커서 매사를 대충할 것 같았는데 이럴 때는 조금 달랐다.

가롯은 척후병의 보고를 듣다 말고 갑자기 다시 한 번 확인을 해보았다.

그의 허를 찔러서 반응을 살펴보는 것이다.

그렇게 하면 진실 파악에 큰 도움이 된다는 것을 경험을 통해 아는 탓이다.

"나머지는 어디 있느냐?"

"모두 그곳에서 혹시 모를 변수에 대비하고 있습니다. 만에 하나라도 적들이 움직일 수도 있으니까 말입니다."

"부관!"

"네! 대장님!"

척후병이 또렷한 어조로 이렇게 대답하자 가롯은 갑자기 자신의 부관을 불렀다.

지금 그의 공식 직함은 선봉대장이었기에 병사들은 다들 그를 대장이라고 호칭하고 있었다.

"지금 몇 시인가?"

"새벽 한 시 삼십 분입니다!"

"이곳에서 렌탈 성까지의 거리는?"

"대략 15킬로미터쯤 됩니다!"

어쨌든 부관이 앞으로 나서자 가롯은 갑자기 이런 질문을 쏟아냈다.

그에 따라 부관도 막힘없이 술술 대답했다.

자신이 모시고 있는 상관의 성향을 알고 있었기에 미리 준비했기 때문이다.

"15킬로미터라……. 전속력으로 달린다면 약 이십 분 내외에 닿을 수 있는 거리로군. 좋아! 모두 다시 출발 준비를 서둘러라. 내 명령이 떨어지면 전속력으로 달린다! 알겠나?"

"네! 알겠습니다! 그대로 준비시키겠습니다!"

말의 평균 속력은 약 65에서 70킬로미터다.

크롤 영지와 렌탈 영지는 이웃 간이라 그리 먼 길을 온 것도 아닌 만큼 서두르면 십오 분에도 도착이 가능한 거리였다.

그리고 그들이 그렇게 성 앞에 도착할 즈음이면 모두들 더욱 깊이 잠들 수 있는 시간이었다.

가장 이상적인 야간 기습 시간이라고도 할 수 있었다.

그것을 깨달았기에 가롯은 더욱 서둘렀다.

"준비 완료했습니다!"

"그럼 어서 달려라!"

"와아아아~!"

주변에 적의 움직임이 확인된 이상 벌써부터 쥐죽은 듯 움직일 필요는 없었다.

그것을 눈치챈 병사들은 가롯의 명령에 큰 함성과 함께 앞으로 힘차게 달리기 시작했다.

그들은 마치 벌써 전쟁에서 이긴 사람들처럼 기세가 등등했다.

그런데 그런 모습이 불안하게 느껴지는 사람도 있긴 있었다.

그는 바로 조금 전 가롯에게 상황을 보고했던 그의 부관이다.

"대, 대장님! 적들의 매복도 조금쯤은 신경 써야 하는 것 아닐까요? 크롤 병사들에게 들어 보니 적들 가운데 머리가 비상한 사람이 있는 것 같던데……."

"이런 바보 같은 녀석! 나 역시 그 점을 생각해 보지 않은 것은 아니다. 하지만 우리는 지금 허허벌판을 달리고 있지 않느냐! 설마 너는 이런 곳에도 매복이 가능하다고 생각하나?"

부관은 한참 달리고 있는 가롯의 곁으로 다가가 큰 목소리로 이렇게 물었다.

워낙 빠르게 달리는 중이라 말 전달도 쉽지 않았지만 실력 있는 기사라 그런지 뜻은 충분히 전달된 모양이다.

가롯이 버럭 소리를 지르는 것으로 보면 말이다.

"아, 아닙니다!"

"그럼 신경 끄고 어서 달리기나 해라!"

"네!"

가롯의 말처럼 매복 위험지대는 거의 다 지나왔다.

지금 그들이 달리고 있는 곳은 매복 자체가 불가능해 보이는 허허벌판이다.

아무리 곡식이 자라고 있다곤 해도 병사들이 숨어 있을 정도로 무성한 것은 아니다.

게다가 상대는 눈부시게 빠른 기마병사였기에 이런 곳에

서 어설프게 매복을 했다가는 오히려 자신들이 전멸당하기 십상이었다.

부관 역시 그 점을 깨달았기에 머쓱해져서 더 이상 말을 하지 못한 채 말에 더욱 채찍을 가했다.

괜히 헛소리를 지껄이느라 자신만 점점 뒤로 쳐지고 있었기 때문이다.

"쯧… 명색이 불새 기사단의 부관이라는 자가 그런 기본적인 병법도 모르다니……. 이번 일이 끝나고 나면 집중 교육을 한번 시켜야겠군."

그 모습을 슬쩍 흘겨본 가롯은 혀를 차며 이렇게 중얼거렸다.

어쨌든 미우나 고우나 자신의 부관이었으니 그냥 자르고 싶은 마음은 없었다.

그러기에는 다른 쪽에서는 꽤나 눈치가 빠르고 일을 잘 처리했던 것이다.

어쨌든 그러는 가운데서도 그들은 그야말로 바람처럼 달리고 또 달렸다.

그러다가 마침내 들판이 끝나는 무렵이 되자 말에 박차를 더욱 가했다.

이곳을 벗어나면 또다시 산길을 달려야 하기에 속도가 줄어들 수밖에 없는 것이다.

그런데 바로 그때, 실로 믿을 수 없는 일이 벌어졌다.

서걱! 서거걱!

—히이이잉~~~!

"크억!"

쿵!

갑자기 소름끼치는 소리가 들리는가 싶더니 곧바로 말들의 처절한 울부짖음이 뒤를 이었다.

그러더니 곧바로 엄청난 기세를 자랑하던 기사단원들과 기마부대원들이 바닥으로 내동댕이쳐지는 것 아닌가.

"지금이다! 모두 죽여라!"

"와아아아~~~!"

두두두두!

그리고 동시에 들판 가득 엄청난 함성이 울려 퍼졌다.

3

매복이 가장 무서울 때는 상대가 전혀 예측하거나 눈치채지 못했을 때다.

가롯은 뛰어난 사람이기는 했지만 자신에 대한 자신감이 너무 강한 게 문제였다.

그가 만일 부관의 말을 무시하지 않고 조금만 주의를 했었어도 상황은 조금 달라졌을지도 모른다.

"매복이다! 모두 조심하라!"

"너나 조심해!"

서걱!

"크악!"

워낙 넓은 들판을 달리다 보니 선두가 길게 펴져 있었던 것도 큰 약점으로 작용했다.

그 때문에 매복을 눈치챘을 때는 이미 절반 이상의 말들은 다리가 잘린 채 쓰러져 버렸다.

그 위에 타고 있던 사람들이 모두 크게 다친 것은 물론이다.

게다가 그 자리를 최대한 벗어나기 위해 발버둥을 쳐도 소용없었다.

어느새 달려온 적들의 거의 용서하지 않았기 때문이다.

"대장님, 어서 피하십시오. 이대로는 위험합니다!"

"그럴 수는 없다. 우리는 패배를 모르는 블랙 기사단이다. 비록 함정에 빠졌지만 모두 힘을 합쳐 이겨내자!"

달빛 한 점 없는 칠흑과 같은 어둠 속이라 적의 규모가 얼마나 되는지도 알 수 없었다.

하지만 매복 작전에 엄청난 인원을 쏟아부었을 리는 없

었다.

그렇다면 해볼 만은 하다고 가롯은 생각했다.

그의 말대로 블랙 기사단은 일당백으로 알려진 최고의 기사단이다.

그들은 말이 당했어도 대부분 무사할 터였다.

그랬기에 피하라는 부관의 권유에 그는 오히려 투지를 불태웠다.

그런데 그런 그의 의지를 단숨에 꺾어 버리는 일이 벌어지고 말았다.

"타오르는 불길의 염원이여~ 이곳에 임재하라! 파이어~볼~!!"

부아아아앙~~!

"크아악~!"

—히이이잉~!

다그닥! 다그닥!

바로 어디선가 머리털을 곤두세우는 소름끼치는 주문 영창과 함께 무시무시한 불의 구체가 날아들었다.

바로 4서클 마법 가운데 가장 강력한 공격 마법이라는 파이어 볼이 시전된 것이다.

그 불의 구체는 그나마 말다리가 잘리는 재앙을 모면했던 기사들과 기마대원들에게 날아갔으며 순식간에 그들의 말이 발광하게 만들었다.

뿐만 아니라 구체가 날아가는 길목에 있던 자들은 그 자리에서 즉사를 면하지 못했다.

매복자들은 그다지 큰 힘을 들이지도 않고 기습자들을 순식간에 제압하고 있었다.

아직 가롯과 부관 등 지휘관들은 무사한 편이었지만 이미 대다수의 기사들과 기마 대원들은 전의를 상실해 버렸다.

원래 어둠 속에서는 마법의 위력이 훨씬 커 보이는 법이다.

특히 불 마법을 어둠에서 만나게 되면 거대한 불길이 자신까지 집어삼킬 것처럼 보이기 때문에 더욱 그랬다.

"빌어먹을… 매복 작전에 마법사까지 동원하다니……. 이놈들이 이번 작전에 아예 목숨 걸은 모양이군."

"제가 남아 있는 기사들과 병사들을 동원해 최대한 저항할 테니 대장님께서는 어서 크롤 성으로 피하십시오. 대장님께서 계셔야 오늘 일을 복수할 수 있습니다. 어서 가십시오! 어서요!"

이미 사방은 아수라장으로 변해 있었다.

여기저기서 말들은 울부짖으며 날뛰고 있었고 사람들은 비명과 함께 이곳을 빠져나가기 위해 발버둥을 쳤다.

정상적인 싸움이었다면 이 정도까지 무기력할 자들이 절대 아니었지만 지금은 방심하다가 당한 상황이라 수습하기가 쉽지 않았다.

때문에 부관은 비장함이 넘치는 목소리로 다시 한 번 가롯에게 피할 것을 권고했다.

"크으윽… 다 내 잘못이다. 자네가 매복을 조심하라고 말했을 때 조금만 신경을 썼어도 이 지경까지 되지는 않았을 텐데……. 미안하다."

"지금은 그런 이야기를 하고 있을 때가 아닙니다. 대장님께서 무사하셔야 저희도 마음껏 싸울 수 있습니다. 그러니 어서 가셔야 합니다. 저는 최대한 지휘관들부터 추슬러 보겠습니다. 어떻게 해서든지 살아남을 테니 나중에 뵙기로 하겠습니다. 그럼……."

이제 권고만 하고 있을 만큼 한가하지 못했다.

부관은 결국 이런 말을 남긴 채 아수라장으로 뛰어들었다.

그리고는 재빨리 기사단의 십인 대장들부터 규합하기 시작했다.

그나마 십인 대장들은 실력이 뛰어나서 그런지 아직까지는 전원이 무사한 상태였다.

그런 모습을 잠깐 지켜보던 가롯은 입술을 살짝 깨물더

니 곧 아직 이상이 없는 자신의 말에 올라타고는 있는 힘껏 채찍을 휘둘렀다.

—히이잉~!

두두두두~!

다행히 그의 말은 여전히 힘이 넘쳤다.

녀석도 아비규환의 장소가 된 이곳을 벗어나고 싶었던지 굳이 방향을 잡지 않아도 잘도 빠져나갔다.

어둠은 아군에게 결정적인 불리함을 제공하긴 했지만 지금 가롯에게는 이 어둠이 고마울 지경이었다.

"빌어먹을… 젠장… 이런 개 같은 경우가 다 있다니……. 비겁한 새끼들… 소드 마스터라는 말까지 들은 놈이 겨우 매복질이라는 게 말이 돼? 씨발……."

미친 듯이 채찍질을 하면서도 그는 상대방 지휘관으로 짐작되는 자에게 이런 욕을 퍼붓고 있었다.

그만큼 억울하고 분했던 것이다.

"이봐, 일단 좀 멈춰보지?"

"워어~ 누, 누구냐?"

그렇게 얼마를 달렸을까?

이미 아군의 비명 소리와 적군의 함성이 들리지 않는 것으로 보아 꽤 시간이 흘렀을 것이다.

그런데 갑자기 그런 그의 앞에 누군가가 나타나 이렇게

말을 걸었다.

하마터면 심장이 튀어나올 만큼 놀란 가롯은 순간 말의 고삐를 당기며 속도를 줄일 수밖에 없었다.

그냥 치고 나가기에는 그놈의 호기심이 문제였다.

"네가 가롯이냐?"

"누구냐니까!"

챙~!

워낙 어두워서 사람이 앞에 있는 것은 알 수 있었지만 그가 남자인지 여자인지조차 분간이 안 될 정도다.

목소리가 굵은 것으로 보아 남자임에는 분명했지만 상대가 다짜고짜 말을 놓자 더 짜증이 났는지 가롯은 순식간에 검을 꺼내 들며 이렇게 소리쳤다.

"나? 뭐라고 대답해야 할까? 렌탈 영지의 의원이라고 해야 하나? 아니면 그들이 부르는 대로 선생이라고 해야 되나? 아니지, 참. 자네가 가장 잘 알 만한 호칭도 있었군. 소드 마스터라는……."

"뭣이라고~! 그렇다면 네가 오늘 매복을 지시한 자라는 말이냐?"

"그냥 연습 삼아… 아니지, 참. 연습이라기보다는 밤 날씨가 워낙 마음에 들어 바람을 쐬러 나왔다고 해야겠지? 그랬다가 살쾡이처럼 살금살금 다가오는 너희를 발견한 것뿐이야. 원래 살쾡이들은 약아빠져서 단숨에 때려잡아야 하거든. 왜? 불만이라도 있나?"

가롯은 있는 대로 흥분해서 언성을 높이고 있었지만 상대는 뺀질거리며 유들유들한 말투로 대응하고 있었다.

이런 상황에서 그렇게 할 수 있는 사람은 당연히 숀뿐이리라…….

어쨌든 숀이 약을 올리듯 이렇게 말을 하는 순간, 갑자기 검을 꺼내 들고 있던 가롯의 몸이 번개처럼 숀을 향해 날아갔다.

"뒈져라!"

슈우욱~!

그리고 곧 그의 예리한 검날은 숀의 몸을 정확히 반으로 가르며 지나갔다.

Chapter 10

승부

1

자신의 검이 앞에 있던 자의 몸통으로 떨어지는 순간, 가롯은 끝났다고 생각했다.

그는 지금까지 크고 작은 전투를 치러 오며 수많은 사람을 절단 냈었다.

원래 그의 주특기는 이처럼 상대를 반 토막으로 가르는 무서운 검법이었던 것이다.

하지만 뭔가 이상했다.

지금쯤이면 손끝을 통해 묵직하게 잘려 나가는 느낌이 들어야 했건만 전혀 아무런 감각도 전달되지 않았다.

"…제기랄……."

"기사단의 단장이라는 자가 상대방이 무기를 뽑고 있는 것도 아닌데 공격을 하다니…… 실망스럽군."

"닥쳐라! 네놈이 내게 그런 말을 할 자격이 있다고 생각하나? 나는 최소한 네놈 앞에 당당히 선 채 공격했지만 네놈은 두더지처럼 숨어서 우리를 공격했지 않은가."

그리고 불행히도 과연 그의 검은 허공을 벤 것이 맞았다.

게다가 상대는 아까보다 더욱 조롱 섞인 말로 그의 화를 돋우었다.

"아직도 전술과 비겁함을 구별하지 못하다니……. 어째서 그렇게 무모할 만큼 미련스럽게 달려왔던 것인지 알 만하군. 너의 그런 잘못된 작전으로 인해 죄 없이 죽어간 수하들에게 미안하지도 않나?"

"시끄럽다! 죽어라! 이야아압~!"

쎄에엑~!

휘청~

숀의 말이 귀에 거슬렸는지 가룻은 또다시 공격했다.

조금 전보다 더욱 강력한 마나가 주입된 상태여서 그런지 달려드는 그의 기세는 살벌하기 그지없었다.

그러나 그 어떤 공격도 상대가 맞아야 위력을 보이는 법.

숀은 그 짧은 순간에도 가룻의 공격을 황당할 정도로 간단하게 피해 버렸다.

그 덕분에 가롯은 중심을 잃게 되어 한참을 앞으로 가다가 몸을 크게 휘청거렸다.

그야말로 개망신당하는 순간이다.

"으드득……. 소드 마스터로 소문난 자가 미꾸라지처럼 피하는 법만 배운 모양이군. 이 병신 같은 새끼야! 너도 사내라면 어서 덤벼라!"

"명색이 대장이라 될 수 있으면 신사적으로 데려가려고 했더니 네가 간이 부었구나? 감히 나에게 욕을 하다니……. 쯧쯧… 일단 맞자."

자신은 흥분해서 상대를 도발했는데 상대는 도발당하기는커녕 아까보다 더욱 약 오르는 말투로 이렇게 한마디 했다.

평소의 가롯이라면 이런 경우 냉정을 유지했겠지만 그는 지금 자신의 피 같은 수하들을 버리고 혼자 도주하던 터였기에 완전히 제정신이 아니었다.

그런 상황에서 손이 자꾸만 약을 올리고 있으니 어찌 가만있을 수 있으랴.

"용서할 수 없다. 크아아아~!"

"좋아, 좋아."

휘~! 빠각!

"컥!"

챙그랑~!

숀이 자꾸만 가롯을 약 올리는 것은 지금 이 상황을 지켜보고 있는 파비앙을 위해서였다.

그는 지금 입으로는 가롯과 떠들면서도 속으로는 파비앙에게 어떻게 상대를 약 올려서 좀 더 쉽게 제압할 수 있는지를 가르치고 있었던 것이다.

[보았소? 아무리 냉정한 기사도 자신의 약점을 건들게 되면 흥분하는 법이오. 그리고 흥분하는 순간, 그는 진 거나 마찬가지지. 이 점을 잊어서는 안 되오. 알겠소?]

끄덕끄덕…….

파비앙은 그야말로 경악했다.

지난번 숀의 실력을 먼발치에서 보기는 했었다.

하지만 그때는 눈부시게 피어올랐던 오러 블레이드 때문에 그의 진짜 실력이 어느 정도인지 가늠할 수가 없었다.

그러나 지금은 그야말로 오싹해질 만큼 치밀하고 냉정한 그의 진면목을 발견한 것 같은 기분이 들었다.

아울러 도저히 사람이라고 볼 수 없는 빠른 동작까지 볼 수 있었다.

방금도 가롯의 검이 숀의 코앞까지 날아들었지만 숀은 도대체 어떻게 한 것인지 어느 새 검을 들고 있는 그의 팔을 내리쳤던 것이다.

그로 인해 가롯은 짧은 비명과 함께 검을 놓칠 수밖에 없었다.

"네가 자꾸만 매를 버는구나. 나야 고마운 일이지. 자, 그럼 이제 맞아볼까?"

슈욱~빡!

"크아악~!"

그게 전부가 아니었다.

숀은 이제 적을 확실하게 제압하는 법을 제대로 보여주기 위해 공포의 주먹질을 시작한 것이다.

별로 힘을 들이는 것 같지도 않았지만 그렇게 날아간 주먹은 정확히 그의 면상에 꽂혔으며 그로 인해 가롯은 코와 입에서 피를 쏟아내며 뒤로 나동그라지고 말았다.

하지만 숀의 응징은 겨우 이렇게 끝날 리가 없었다.

그것을 증명이라도 하듯 그는 쓰러져 있는 가롯에게 다가가더니 이번에는 다짜고짜 발로 또다시 그의 면상을 걷어차 버렸다.

빠각!

"끄아아악~!"

데굴데굴…….

늘 그랬지만 숀이 사람을 때릴 때는 절대 아무 데나 때리는 것이 아니다.

그는 인체 곳곳에 숨어 있는 고통의 혈도를 정확히 알고 있었으며 그 혈도들을 치게 되면 얼마나 아픈지 깊이 이해하고 있었다.

지금도 파비앙이 볼 때는 그저 얼굴을 심하게 때리는 것으로만 보였지만 이건 그냥 심한 수준이 아니라 당하는 자가 빨리 죽기를 바랄 정도로 극심했다.

그와 동시에 느껴지는 고통이 워낙 강렬했기 때문이다.

자존심이 하늘을 찌를 만큼 강했던 가롯이 얼굴을 부여잡고 땅바닥을 미친 듯이 굴러다니는 것만 보아도 약간은 짐작이 갈 만했다.

"더럽게 시끄러운 놈이로군. 너 같은 녀석이 어떻게 기사단장이 되었는지 이해할 수가 없네. 지금부터 또다시 소리를 지르며 밤 샐 때까지 맞을 테니 알아서 하라고."

빡!

"우아아악~!"

"어쭈? 내 말을 우습게 아는 거야? 그럼 나도 그냥 넘길 수 없지. 이번에는 연타다."

빠가각!

"우웁!"

데굴데굴데굴…….

과연 구타 앞에 견딜 자는 없었다.

숀이 두 번 연속 안면을 가격하자 가롯은 발광하듯 온 땅을 굴러다니면서도 처음과 같은 비명을 지르지 않고 있었다.

그런 모습을 지켜보고 있는 파비앙은 결국 고개를 돌렸다.

계속 보고 있다가는 숀에 대한 이미지마저 상할까 봐 겁이 났던 것이다.

그 점을 숀도 느꼈던지 그도 얼른 그녀에게 말을 걸었다.

[적을 다룰 때는 인정사정 봐주면 안 되오. 이럴 때 독하지 못하면 그로 인해 선량한 사람들이 더욱 많이 당할 수 있거든. 나 역시 마음은 편치 않지만 이자를 철저하게 다루지 않으면 전쟁이 더 길어질 수 있기 때문에 어쩔 수 없다오. 이런 나를 이해해 줬으면 좋겠소.]

숀의 이런 말에 파비앙은 돌아섰던 자신이 부끄러웠다.

저 사람은 자신이 괴로워도 영지민들을 위해 그것을 감수하고 있는데 자신은 비겁하게 돌아섰으니 그가 얼마나 서운했겠는가.

물론 이것은 숀의 사악한 거짓말일 뿐이었다.

그는 최근 들어 사람을 죽이는 습관은 거의 없어졌지만 대신 틈만 나면 이렇게 두들겨 패는 손맛을 즐기고 있었던 것이다.

가롯 역시 나중을 위해 어느 정도 기를 죽여놓을 필요는 있었지만 이 정도로 잔인하게 두들겨 팰 필요는 없었다.

"제, 제발… 그만하시오."

"내가 왜 네 말을 들어야 하지? 게다가 시오? 내가 네 친구는 아니거든?"

빠각!

"우우웁!"

가롯이 하오체를 쓴 것만 해도 장족의 발전이었지만 그 정도로는 어림도 없었다. 그로 인해 숀은 또다시 그의 면상을 발로 찼으며 그는 또다시 미친 듯 땅바닥을 굴러야 했다.

"잘, 잘못했습니다. 그러니 제발 멈춰 주십시오!"

"너는 그냥 열심히 반성이나 해. 멈출 것인지 말 것인지는 내가 결정할 문제거든. 알아듣겠나?"

빠악!

"우웁!"

맞을 때마다 얼마나 심하게 몸부림을 치면서 바닥을 굴렀던지 그의 주변 반경 10미터 이내는 땅이 다 반들거릴 정도였다.

파비앙도 처음에는 숀이 무섭고 가롯은 불쌍했었지만 어

찌된 일인지 이제는 웃기면서도 괜히 즐거워졌다.

이제야 숀이 가롯을 심하게 때리는 것이 아니라 희한한 요령을 부려 그에게 고통만 안기고 있다는 것을 깨달은 탓이다.

그리고 그런 일은 날이 훤해질 때까지 계속되고 있었다.

쭈욱…….

2

날이 밝아 오자 렌탈 영지군의 매복 작전의 성과가 하나 둘씩 드러나기 시작했다.

총 삼백 명의 기습자 가운데 죽은 자는 겨우 열두 명에 불과했지만 나머지는 모두 다치거나 포로로 잡힌 상태였다.

숀이 자리를 비우는 바람에 남아 있는 렌탈 영지군의 총책임자는 벨룸이었다.

그는 싸움이 끝나자마자 신속하게 전장 정리를 했으며 그곳에서 숀을 기다리기 위해 임시 막사까지 차려놓은 상태였다.

그리고 포로들을 심문하기 시작했다.

"어서 죽여라! 우리는 이렇게 잡혀서 죽지만 우리의 대장님께서 반드시 네놈들에게 복수를 해주실 것이다!"

"너희 대장이? 하하! 생긴 것은 멀쩡한데 정말 웃기는 놈일세그려. 다들 들었어? 저놈 대장이 복수한다는데 어떻게 생각하나?"

잡힌 자들 가운데 가장 계급이 높은 자는 역시 부관이었다.

그는 나이는 다른 기사들에 비해 그리 많은 편은 아니었지만 누가 봐도 감탄할 만큼 사내다웠다.

그런 모습이 마음에 든 벨룸이었지만 그는 일부러 그를 조롱하듯 웃으며 다른 사람들에게 이렇게 물었다.

"와하하하! 꿈같은 이야기를 하고 있군요. 아마 조금 있으면 깜짝 놀랄걸요?"

"그, 그게 대체 무슨 소리냐?"

부관은 확실히 머리가 좋고 눈치가 빨랐다.

그는 적들의 비웃는 태도를 보며 뭔가를 감지했는지 꽤나 당황한 모습으로 얼른 이유를 캐물었다.

"어차피 두고 보면 알 것이니 그렇게 안달할 필요 없다. 그나저나 그대는 제법 강단이 있는 것 같군. 기회를 줄 테니 우리 주군의 아래로 들어오는 것이 어떻겠느냐?"

"나는 기사다. 모욕을 주느니 차라리 죽여라!"

벨룸은 이 자리에 숀이 없는데도 부관을 회유했다.

그만큼 부관의 태도가 그의 마음에 들었던 것이다.

이자를 잡을 때도 꽤나 애를 먹었었다.

죽일 것 같았으면 차라리 아까 죽이는 것이 나았을 터였다.

그랬다면 아군의 부상도 없었을 테니까.

"진정한 기사는 올바른 주군을 섬길 줄 알아야 한다는 것도 모른다는 말이냐?"

"이제 하다하다 나의 주군까지 욕되게 하려는 것인가? 내가 아무리 잡혀 있다 하나 그런 말은 삼가라."

이야기를 나누면 나눌수록 벨룸은 그의 사고방식이 마음에 들었다.

요즘은 기사라고 해도 배신을 쉽게 하거나 비겁한 경우도 많았다.

그래서인지 부관의 꼿꼿한 태도가 더 다가왔는지도 모른다.

"욕을 먹어도 싸면 아무리 주인이라 해도 먹어야겠지. 안 그런가?"

"그, 그렇습니다."

바로 그때, 부관의 말을 받아치는 사람이 등장했다.

그는 바로 숀이었는데 웃기는 것은 숀의 말에 얼른 고개를 끄덕이며 긍정하고 있는 사람이 있다는 점이다.

그리고 그 사람을 보는 순간, 지금까지 그렇게 당당하게 버티던 부관의 얼굴이 심하게 일그러졌다.

그가 바로 자신의 주군인 가롯이었기 때문이다.

"단장님, 이게 어떻게 된 일입니까?"

"보다시피 이분에게 잡힌 신세네. 이 싸움은 애초부터 끼어드는 것이 아니었네. 우리가 아무 정보도 없이 너무 무모했던 것이지."

"그, 그럴 리가……. 이놈! 대체 우리 단장님께 무슨 짓을 한 것이냐? 이 죽일 놈… 끄윽!"

불과 몇 시간 전만 해도 그렇게 자신만만하고 도도했던 사람이 이렇게까지 달라졌으니 부관이 흥분할 만도 했다.

그는 지금 가롯이 흑마법이나 현혹 마법에 당해 저렇게 변한 것이라고 오해했던 것이다.

그랬기에 그는 다짜고짜 숀을 노려보며 욕을 했다.

그런데 바로 그때 희한한 일이 벌어졌다.

말을 하던 그가 갑자기 신음과 함께 온몸을 부들부들 떨기 시작한 것이다.

다들 이 황당한 사태에 어리둥절하고 있을 때 한쪽에서 멀린이 나오며 한마디 했다.

"그냥 두고 보려고 했더니 도가 지나치군. 감히 우리 주군께 무례를 저지르다니……."

"자기 주인을 위한답시고 그런 것뿐인데 너무 심한 것 아니오?"

가만 보니 이런 사태를 일으킨 사람이 바로 그였던 모양이다.

하긴 소리 소문 없이 사람 하나를 병신 만들 수 있는 것은 마법 말고는 없을 터였다.

숀만이 알고 있는 신기막측한 무공을 뺀다면 말이다.

어쨌든 그 모습을 보고 숀이 슬쩍 끼어들었다.

"주제넘게 나서서 죄송합니다. 주군."

"당신을 나무라는 것이 아니니 너무 그렇게 정색할 필요 없소. 단지 포로들에게 너무 겁을 주면 오히려 역효과가 날 수도 있으니 일단은 마법을 풀어주시오."

"알겠습니다. 옴 띠아또."

숀의 말에 멀린이 고개까지 깊이 숙이고 대답하더니 곧 짧은 주문과 함께 오른손을 들어 허공에 살짝 흔들었다.

그러자 새파랗게 질린 얼굴로 침만 질질 흘리고 있던 부관의 모습이 정상으로 되돌아왔다.

그것을 지켜본 포로들은 괜히 소름이 돋았다.

자신들 영지에도 무려 5서클이나 되는 마법사가 있었지만 방금 마법을 펼친 자도 그에 못지않은 것 같았다.

그런데 그 정도의 실력자가 극도로 공경하고 있는 저 사람은 대체 누구란 말인가?

숀에게 모인 그들의 눈빛에는 호기심이 가득했다.

"모두 잘 들어라. 너희는 이미 우리 영지 안에 들어온 상태다. 어떤 의도로 왔는지는 굳이 따지지 않겠다. 그러나 무장을 하고 여기까지 온 이상 포로가 되었어도 할 말은 없을 것이다."

"……."

무서운 마법사도 공손했고 자신들의 총책임자인 가롯마저도 극존칭을 썼던 존재다.

그런 사람이 이렇게 이야기하자 포로들은 아무런 반론도 제기하지 못한 채 듣고만 있었다.

"네 이름이 무엇이냐?"

"크로센이오."

"네가 이자의 부관인가?"

"그렇소만 말씀은 삼가 주셨으면 좋겠소. 포로로 잡혔다고 하나 그분은 우리의 주군이시오."

모두를 향해 이야기하던 숀이 갑자기 부관에게 말을 걸었다.

크로센이라는 이름을 가진 부관은 벨룸을 대하던 것과는 달리 숀에게는 그나마 약간은 말을 높이고 있었다.

그리고는 자신의 주군인 가롯에게도 예의를 지켜주기를

바랐다.

"우리 영지로 끌고 가기 전에 내가 한 가지 제안을 하고 싶은데 들어보겠나?"

"어차피 선택의 여지는 없는 것 아니오?"

그러나 숀은 크로센의 그런 말에는 아무런 대꾸도 없이 뜬금없는 질문을 던졌다.

크로센은 호기심이 생겼지만 이 일에도 뭔가 술수가 있다고 생각했는지 시큰둥하게 대답했다.

"아니, 선택할 수 있는 권한은 주겠다. 이건 억지로 시킨다고 될 일이 아니거든."

"그럼 무슨 제안인지 말씀해 보시오."

선택할 수 있다는데 듣지 않겠다고 버틸 필요는 없었다.

하든 안 하든 일단 궁금했기 때문이다.

"방금 전 이곳에 도착했을 때 우연히 그대와 우리 기사대장이 하는 말을 들었다네. 자네가 꽤 마음에 들었던 모양이야. 그래서 하는 제안일세. 우리 병사와 싸워보게."

"병사와? 그건 또 갑자기 무슨 말이오?"

크로센은 갑자기 어이가 없어졌다.

자신은 왕국 내에서도 유명한 블랙 기사단의 부관이다.

같은 기사라 해도 적수가 많지 않을 판인데 뜬금없이 기사가 아닌 병사와 싸워보라니…….

"그대가 이긴다면 너희를 모두 풀어주겠다. 그러나 우리 병사가 이긴다면 앞으로 너는 나의 수하가 되어라. 어때?"

"병사를 가장한 기사를 내세우려는 것 아니오?"

"멍청하긴……. 너는 우리가 애초부터 너를 붙잡아 수하를 삼기 위해 실력 있는 기사 한 명을 병사로 분장시켰다고 생각하나? 너도 같은 기사라 알겠지만 그것만으로도 수모 아닌가?"

"그, 그건……."

결국 크로센은 할 말을 잃었다.

숀의 말이 옳기 때문이다.

기사단장인 가롯이라면 모를까 자신과 같은 무명 기사를 회유하기 위해 그런 일을 벌인다는 것은 말이 되지 않았다.

"좋아, 그럼 상대를 직접 보고 결정해라. 아까도 말했지만 선택권은 네게 있으니 자신이 없으면 그냥 포기해도 된다."

"으음…… 그래도 좋다면 그렇게 하겠소."

자신들을 포로로 잡은 측의 책임자가 이렇게까지 말하는데 마냥 버틸 수도 없었다.

그리고 무엇보다 이길 경우 자신들을 모두 풀어준다는 점도 엄청난 유혹이었다.

질 가능성이 있어도 무조건 도전해야 하는 일일 수도 있었다.

진다고 해도 자신 한 사람만 희생하면 그만 아니던가.

크로센이 여기까지 생각하고 있을 때 손의 말이 다시 들려왔다.

"병사 파비앙은 앞으로!"

"네! 사령관님. 병사 파비앙 대령했습니다!"

그리고 크로센뿐 아니라 테우신 영지군들의 입이 딱 벌어질 만한 일이 벌어졌다.

부관 크로센의 상대로 어리고 약해 보이는 소녀가 등장했기 때문이다.

Chapter 11

승부 (2)

1

최고 기사단 수장의 부관이 되려면 여러 가지 조건이 충족되어야 한다.

그 가운데 첫 번째는 말할 것도 없이 실력이다.

명색이 기사단인데 부관이라는 자가 형편없는 실력을 가지고 있으면 외부적으로 문제가 될 수 있으니 그건 기본이라고 할 수 있었다.

그 외 단장을 보좌하려면 두뇌 회전이 빨라야 하고 지식도 풍부해야겠지만 어쨌든 실력이 검증된 기사를 상대로 이제 검술을 시작한 지 겨우 석 달 조금 넘은 파비앙이 제대로 싸울 수나 있을까? 하는 것이 렌탈 영지 병사들의 걱정이었다.

그녀 자신도 방금 전 숀으로부터 이런 제안을 받았을 때는 덜컥 겁부터 집어먹었다.

"기, 기사와 싸워보라고요?"

"왜? 자신 없소?"

"병사들이라면 몰라도 기사는 무리 아닐까요?"

지난번 모의전투 승리 이후 어느 정도 검술에 대한 자신감이 생긴 것은 사실이지만 그건 마나를 전혀 다룰 줄 모르는 병사들이었기에 가능했다.

그러나 상대가 마나에 익숙한 기사라면 이야기는 달라진다.

그들의 노련함을 상대하기에는 아직 부족한 점이 많기 때문이다.

"물론 정상적인 방법으로 싸운다면 아직은 무리요. 그러나 내가 코치를 해준다면 충분히 이길 수 있지. 아가씨는 지금 마나는 충분하지만 실전 경험이 부족한 것뿐이거든."

"코치를 해주신다고요?"

"그렇소. 지난번보다 더 구체적이고 자세한 코치를 해주겠소."

그 한마디에 파비앙의 표정에 생기가 돌았다.

자신이 좋아 하는 사람이 원하는 대결인 데다가 그 사람이 자신을 위해 코치까지 해준다고 하니 부쩍 힘이 솟은 모양이다.

하긴 모의전투에서 안 되는 대결에 나서게 된 것도 알고 보면 숀의 이런 부탁 때문이었다.

숀은 그녀가 요조숙녀이기를 바라고 있었지만 이상하게 여전사로 나서는 것을 보는 것에 묘한 즐거움을 느끼고 있었다.

참으로 이해할 수 없는 면모였다.

어쩌면 과거 전생의 기억에 그가 가장 마음에 들어 했었던 여자가 무림 고수였기에 그런 것인지도 몰랐다.

어쨌든 두 사람은 그렇게 타협을 한 다음 장내에 등장했었던 것이다.

"정, 정말 저 어린 소녀와 싸우라는 말이오?"

"어리다고 무시하지 말게. 그녀는 우리 영지군 최고의 병사라고 할 수 있으니까."

크로센은 순간, 지금 상황을 이해하지 못했다.

상대가 내건 조건은 그야말로 파격적이다.

자신이 승리하기만 하면 모든 포로를 풀어준다고 하지 않았던가.

사실 크로센은 몹시도 억울한 상태였다.

자신들이 누구던가?

왕국 전체에서도 알아주던 무패의 '블랙 기사단' 아니던가?

만일 정면으로 승부를 보았다면 이처럼 허무하게 패배해서 잡힐 일은 없었을 것이다.

그렇다고 상대가 잘못되었다고 생각하는 것은 아니었다.

자신이라 해도 같은 상황에 놓였다면 똑같이 했을 테니까 말이다.

단지, 그나마 실력으로 승부를 봤으면 모를까 암수에 당해서 포로로 전락한 것이 원통하고 분할 뿐이었다.

그럴 때 이처럼 귀가 솔깃한 조건에 상대마저 어린 소녀라니…….

'마냥 좋다고 승낙하자니 어린 소녀를 상대로 싸워야 하고 그렇다고 포기를 하자니 다른 기사들과 병사들이 마음에 걸리는구나. 신이시여… 제게 왜 이런 시련을 주시나이까. 으으…….'

그는 이런 갈등에 사로잡힐 수밖에 없었다.

반면 그 모습을 지켜보던 숀은 그의 이런 마음을 느끼게 되자 벨룸의 심정을 어느 정도 이해할 수 있게 되었다.

'흐음……. 비록 실력은 많이 낙후되어 있는 곳이긴 하지만 그래도 어디나 쓸 만한 인간이 한둘쯤은 있는 것 같구나. 역시 재미있는 세상이라니까.'

처음에는 벨룸의 심정을 고려해서 파비앙을 이용해 그를 길들이려고 했다.

그러나 이제는 숀 자신도 크로센이 마음에 들었고 그런 이상 무조건 자신의 사람을 만들어야 했다.

그랬기에 크로센이 대결에 임하게끔 만들기 위해 다시 한마디 하려는 순간,

"제가 그렇게 우스워 보이나요? 아니면 어린 여자에게 당하기라도 하면 평생 망신거리로 남게 될까 봐 두려운 건가요?"

"그게 무슨 소리요? 승부에 남녀가 어디 있으며 나이 고하가 무슨 상관이겠소. 승부는 승부일 뿐이오!"

파비앙이 나서서 크로센의 감정을 건드렸다.

그녀는 워낙 눈치가 빨라서 이미 숀의 마음을 짐작하였던 것이다.

그리고 그 덕분에 결국 크로센은 묶인 상태였지만 당당하게 일어섰다.

"그자를 풀어 주어라."

"네! 사령관님!"

그러자 손은 얼른 이런 지시를 내렸다. 그리고는 다시 또 다른 명령을 내렸다.

"저자의 검을 가져다주고 다들 이 앞에 두 사람이 대결을 할 수 있도록 적당한 공간을 만들어라."

"알겠습니다!"

크로센은 어려 보이는 손이 사령관이라는 것에도 놀랐지만 그의 말 한마디에 일사불란하게 움직이는 렌탈 영지군을 보면서도 속으로 고개를 끄덕일 수밖에 없었다.

아무리 매복이라고 해도 어째서 자신들이 당했던 것인지 조금은 이해가 갔기 때문이다.

"휴우……. 솔직히 부담되는 시합이오. 당신을 무시하는 것은 아니지만 누가 봐도 이건 불공평한 시합일 테니 말이오."

"저를 가르치신 분께서 이런 말씀을 해주시더군요. '일단 검을 들면 더 이상 말은 필요 없다. 그때부터는 검이 대신 말을 해줄 테니까…….' 라고요."

"끄응……. 옳으신 말씀이오. 좋소. 그럼 어디 멋진 승부를 펼쳐 봅시다."

이런저런 과정 끝에 결국 대결을 하기 위해 서로의 앞에 선 크로센과 파비앙은 이런 대화를 나누었다.

여전히 크로센은 떨떠름한 표정이었다가 파비앙의 한마

디에 자세를 바로 하더니 마침내 그녀를 진정한 대결 상대로 인정하는 것 같았다.

"규칙은 단 하나다. 이건 전투가 아닌 시합일 뿐이니 상대를 죽이지만 않으면 된다. 항복하거나 더 이상 싸움을 진행할 수 없는 상태에 이르게 되면 승부가 나는 만큼 최선을 다해주기 바란다. 이상."

"두 분 모두 사령관님의 말씀을 들으셨지요?"

"그렇소."

"네."

시합에 앞서 숀이 먼저 손수 규칙을 말해주었고 곧 벨룸이 나서서 시합을 주관하기 시작했다.

그러자 크로센은 침중한 목소리로 그리고 파비앙은 비장한 목소리로 대답했다.

"그럼 두 분 정식으로 인사하시오."

"잘 부탁하오."

"저도 잘 부탁드릴게요."

꾸벅…….

겉으로 보면 삼촌과 조카 정도로밖에 보이지 않는 두 사람이었지만 대결에 임하는 두 사람의 태도는 신중해 보였다.

크로센도 분위기 때문인지 몰라도 아까와는 전혀 다른

모습이다.

“파비앙 아가씨가 괜찮을까요? 아무리 그래도 상대는 최고의 기사인데…….”

“이봐, 멀린.”

“네. 주군.”

이런 모습을 보면서 걱정하지 않을 렌탈 영지 사람들은 없을 터였다.

그러나 그중에서도 멀린의 걱정은 남달랐다.

숀에게 있어 파비앙의 존재가 어떤 의미인지 잘 알고 있기 때문이다.

그랬기에 어느새 숀의 곁에 다가와 그런 감정을 슬쩍 내비쳤다.

“길고 짧은 것은 대봐야 아는 것일세. 그리고 그녀는 이미 저자보다 월등한 상태라네. 단지 자신의 진짜 실력을 익숙하게 사용하는 데 서툴 뿐이지. 그리고 오늘 대결은 바로 그런 약점을 보완할 수 있는 최고의 기회라네. 그렇게만 알고 있게.”

“아… 네…….”

다른 사람이 이렇게 말했다면 다짜고짜 귀싸대기부터 날렸을 것이다.

이제 열다섯 살의 소녀를 죽음으로 몰 수도 있는 위험

한 대결에 밀어 넣고 하는 말이 약점 보완을 위해서라니…….

하지만 멀린은 숀의 말에 더 이상 할 말이 없었다.

자신이 신처럼 여기는 사람이 그렇다면 그런 것 아니겠는가.

그리고 무엇보다 대답하고 있는 숀의 얼굴에는 묘한 미소가 떠올라 있었다.

멀린의 경험에 의하면 그건 바로 완벽한 자신감이었다. 그런 이상 더 이상의 걱정은 무의미했다.

2

처음에는 얼핏 본 것만으로도 얕잡아 본 것이 사실이다.

일단 너무 어려 보였기 때문이다.

하긴 잡혀서 고개를 숙이고 있는 상태에서 힘겹게 올려다보았으니 그럴 만도 했다.

하지만 막상 대결을 하기 위해 앞에 서서 그녀의 진면목을 보는 순간, 그는 그대로 얼어붙을 수밖에 없었다.

'천, 천사였다니… 이럴 수가…….'

껌벅껌벅…….

복장은 분명 일반 영지 병사들이 입는 허름한 가죽 레더 갑옷이 분명했다.

거기다가 머리는 질끈 위로 묶은 상태다.

그랬기에 얼핏 볼 때는 그녀의 미모를 확인하지 못했다.

그러나 코앞에서 보니 이건 그야말로 천사가 하강한 것이 아닐까 싶을 정도로 눈부시게 아름다웠다.

이런 소녀가 인세에 존재할 수 있다는 것이 이해가 가지 않을 정도였다.

그랬기에 그는 얼른 고개를 세차게 흔들어 본 다음 다시 그녀를 바라보았다.

싱긋…….

'웃, 웃었다. 천사가 날 보고 웃었어.'

사실은 그의 등 뒤에 태양이 떠오르고 있었기에 파비앙은 그저 눈이 부셔 눈살을 살짝 찌푸린 것뿐이었다.

하긴 그녀처럼 도도한 아가씨가 아무나 보고 웃어줄 리 있겠는가.

힘없는 영지민들이나 동료가 되어버린 병사들에게야 한없이 밝고 예쁜 미소를 얼마든지 보여주지만 그 외에는 어림도 없었다.

요즘 렌탈 영지 병사들이 가슴이 터질 것 같아도 더욱 열심히 훈련을 뛰는 것도 알고 보면 그녀의 영향이었다.

천사가 곁에서 지켜보고 있으니 요령을 부릴 수가 없었

던 것이다.

그러나 이런 사실을 전혀 모르고 있는 크로센은 혼자 착각에 빠져서는 기분이 붕 뜨고 말았다.

"왜 자꾸 웃는 거죠? 제가 그렇게 만만해 보이나요? 그럼 어디 제 공격도 만만한지 받아보시죠. 이얍!"

슈욱~

그런 크로센을 지켜보던 파비앙은 은근히 부아가 치밀었다.

그가 자신을 우습게 여기기에 혼자 히죽거리는 것이라고 오해했던 것이다.

그랬기에 숀의 지시가 없었는데도 그녀는 먼저 공격을 시작했다.

"웁스!"

챙강!

"타핫!"

휘리릭~ 챙! 창! 그그극…….

그 공격이 워낙 날카로웠기에 크로센은 당황했지만 그 역시 포커판에서 기사 작위를 딴 사람은 아니었기에 겨우 막아낼 수 있었다.

그러나 그녀의 공격은 그게 끝이 아니었다.

크로센이 막자마자 이해할 수 없을 만큼 유연한 동작으

로 몸을 한 바퀴 돌리더니 처음보다 더욱 거센 공격을 퍼붓기 시작했다.

그 기세가 어찌나 날카롭고 빨랐는지 크로센은 반격은커녕 그 공격을 막는 것만으로도 식은땀을 흘릴 정도였다.

'허허……. 평소에는 그렇게 순종적이고 착해 보이기만 하더니 이럴 때 보면 은근히 무섭단 말이야. 속에 성깔을 감춰두고 있는 게 분명해. 나도 조심해야겠군. 그나저나 내 코치도 별로 필요 없겠는걸? 내공이야 타고난 그릇이 있으니 빠르게 성취하는 것이 어느 정도 이해되지만 검술까지 저렇게 빨리 발전할 줄은 몰랐네. 이거 정말 내 마누라를 대륙 제일의 여전사로 키워야 하는 것 아니야? 휴우……. 어떻게 해야 할지 모르겠군. 하지만 과연 멋지기는 하네. 큭큭……'

그 모습을 보며 숀의 머릿속은 복잡해졌다.

한편으로 그녀가 착하고 순종적이기를 바랐지만 또 한편으로는 저렇게 발끈하는 그녀의 모습도 엄청난 매력으로 다가왔던 것이다. 그러니 헷갈릴 수밖에…….

어쨌든 숀의 눈으로도 지금 파비앙의 실력은 꽤 괜찮아 보였다.

물론 그렇다고 완전히 안심할 수 있는 정도는 아니다.

실전은 생각처럼 그렇게 간단한 것이 아니었다.

특히 상대가 크로센처럼 제법 노련한 기사일 때는 더더욱…….

"정말 대단하오. 하지만 이렇게 끝낼 수는 없지. 이요옵~!"

부웅~~까앙!

"윽!"

폭풍처럼 몰려오는 공세 속에서도 크로센은 차츰 냉정을 찾을 수가 있었다.

파비앙은 아직 인식하지 못하고 있었지만 그녀의 공격은 패턴이 일정했던 것이다.

만일 보통의 기사였다면 그렇다고 한들 그것을 느끼지 못했겠지만 크로센은 그런 부실한 기사가 절대 아니었다.

그는 위기 속에서 오히려 침착해졌고 그로 인해 선기를 빼앗겼음에도 파비앙의 공격 패턴을 알아냈다.

그리고 곧 그녀가 다음 공격으로 가기 위해 아주 잠깐이기는 해도 끊어지는 순간이 있음을 포착할 수 있었다.

그랬기에 마침내 역습에 성공할 수 있었다.

게다가 내내 벼르고 있었던 터라 그가 휘두른 검에는 상당한 마나가 실려 있었다.

파비앙도 겨우 막기는 했지만 결국 휘청거리며 뒤로 크게 한 걸음 물러설 수밖에 없었다.

[당황할 필요 없소. 그는 지금 아가씨의 공격 패턴을 파악한 것뿐이오. 바보처럼 같은 상대에게 한 가지 검식만 사용하다니……. 그나마 상대가 무거운 검을 쓰는 자라 다행이오. 이번 공격에 워낙 많은 힘을 쏟아부어 약간의 틈이 생겼으니 지금 두 번째 검식을 사용해서 곧장 공격하시오.]

"이것도 막아보세요. 이얍~!"

슝슝슝!

창! 챙챙! 챙!

"웁스!"

손의 말이 떨어지기 무섭게 파비앙은 그에게 배웠던 검술 가운데 두 번째 것을 사용해 다시 공격을 시작했다.

방금 전까지의 검술이 베기 위주였다면 이번 공격은 특이하게도 찌르기 위주였다.

크로센으로서는 단 한 번도 보지 못했던 형태다.

그 바람에 겨우 승기를 뺏어왔다가 너무도 간단하게 도로 빼앗겼다. 하지만 이번은 그게 끝이 아니었다.

[바로 지금 첫 번째 검식을 다시 쓰시오. 그리고 상대가 그것까지 막으면 망설이지 말고 곧장 두 번째 검식으로 바꾸시오!]

"이야압~~!"

휘리릭~~챙강! 그그극!

"……!"

워낙 숀을 좋아해서 그런지 아니면 그동안 숀과 훈련을 하며 그의 말에 잘 따라와서 그런지 파비앙은 숀의 말과 동시에 지시대로 움직였다.

그로 인해 크로센은 그야말로 궁지에 몰리기 시작했다.

아까는 공격 패턴이라도 알아내서 겨우 위기를 모면했지만 지금은 그것도 도무지 알 수가 없었다.

베기만 하는 것이 아니라 찌르기 공격까지 섞어서 하고 있으니 막는 것만으로도 힘이 부쳤던 것이다.

그리고 그의 이런 심정은 다른 사람들에게도 전이되고 있었다.

지금 이곳에서 구경을 하고 있는 사람들은 모두 어느 정도 검술에 조예가 있었다.

그랬기에 다들 크로센의 입장이 되어서 어떻게 위기를 극복해야 할지 생각해 보고 있었던 것이다.

하지만 그 누구도 결론을 내릴 수가 없었다.

그만큼 파비앙의 검술은 화려했으며 신기했고 무엇보다 빨랐다.

"정, 정말 대단하군요. 진짜 우리가 보고 있는 저분이 불과 몇 달 전만 해도 연약했던 그 아가씨가 맞는 건가요?"

"그녀는 타고난 천재거든. 지금까지 내가 가르쳐 본 사람들 가운데 최고라고 할 수 있지. 저 속도로 성장한다면 조만간 자네도 함부로 대할 수 없게 될 거야. 그러니 열심히 노력하게."

"휴우……."

멀린은 그야말로 기가 막혔다. 하지만 그보다 더 놀란 사람은 벨룸이었다.

멀린은 마법사이니 검술을 익혀가는 과정은 잘 모른다.

그에 비해 벨룸은 그것을 누구보다 잘 알고 있지 않은가.

그런 그가 볼 때 파비앙의 눈부신 성장은 한마디로 불가사의였다.

그렇게 다들 그녀의 매서운 솜씨에 감탄하고 있을 때 마침내 크로센의 입에서 큰 소리가 터져 나왔다.

"내가 졌소. 더 이상의 대결은 무의미하오."

휙~ 챙그랑~!

이런 식으로 계속 싸워봤자 어차피 상황을 역전시킬 수 없었다.

그나마 파비앙이 자신보다 마나가 적어 지금까지라도 버틸 수 있었던 것뿐이다.

그것을 깨닫자 크로센은 깨끗하게 항복을 선언하고 자신

의 검을 앞으로 던져 버렸다.

그런 그의 얼굴과 온몸에서는 땀이 비 오듯 쏟아지고 있었다.

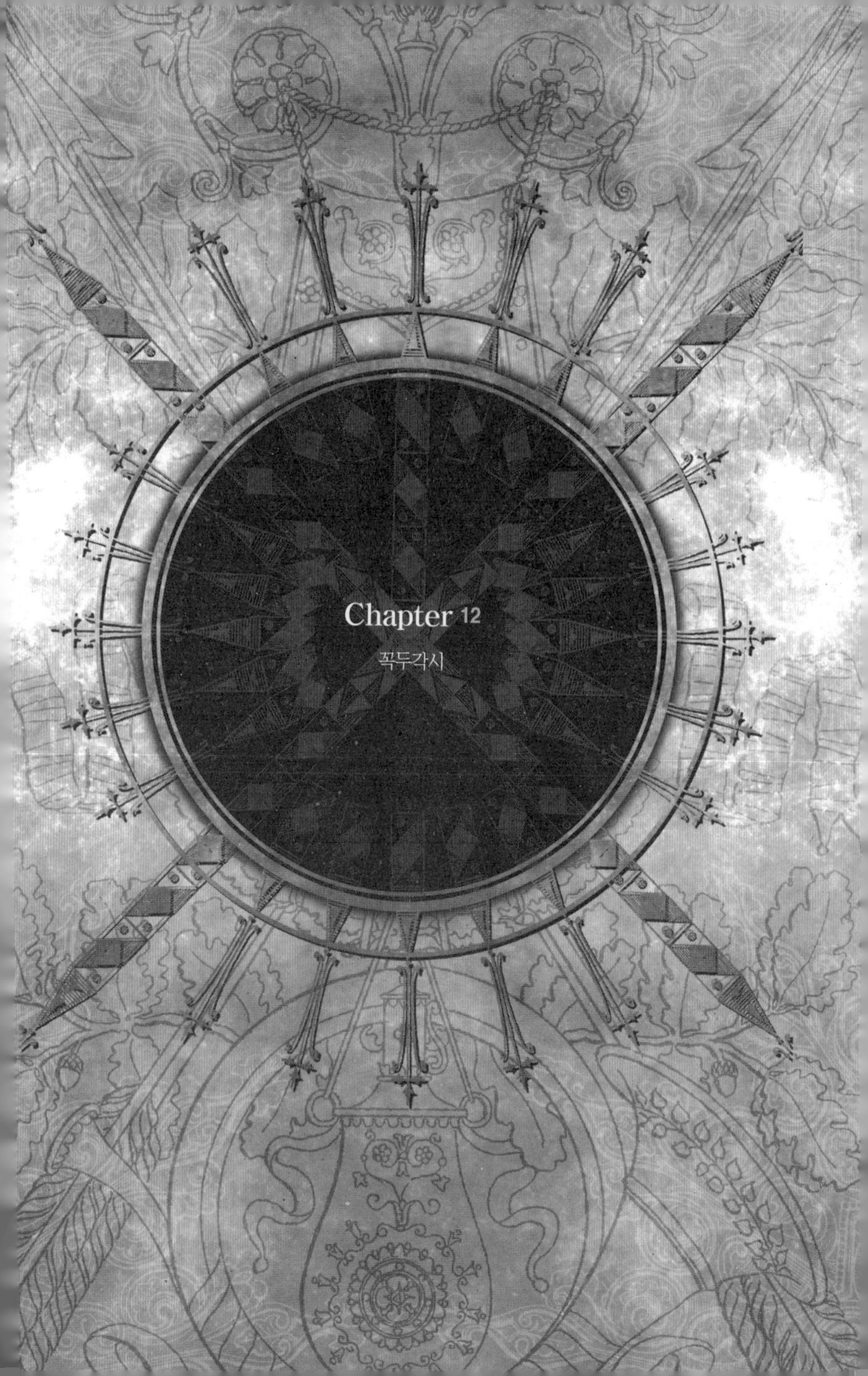

Chapter 12

꼭두각시

1

어둠이 깔리기 시작한 시간, 크롤은 자신의 집무실에서 일어선 채 계속 창 앞을 오가고 있었다.

누군가를 기다리는 모양이다.

"각하! 칼베르토 마법사가 왔습니다."

"어서 들라 하라."

그가 기다렸던 사람이 칼베르토였는지 문 앞을 지키고 있던 병사의 보고에 그의 표정이 눈에 띄게 밝아졌다.

"안녕하십니까, 각하. 이 시간에 어인 일로 저를 다 부르셨습니까?"

"저녁 식사는 했소?"

"덕분에 푸짐하게 먹고 오는 길입니다."

칼베르토는 아침이면 몰라도 다 늦은 저녁에 크롤 백작이 자신을 부른 것이 약간은 의아했던 모양이다.

하긴 원래부터 친밀했던 사이도 아닌데 일과가 끝난 다음에 불렀으니 그럴 만도 했다.

"그럼 우리 가볍게 한잔하면서 이야기합시다. 소화도 시킬 겸 말이오."

"저야 좋지요."

초대한 당사자가 본론을 꺼내지 않고 있는데 혼자 조급해할 이유는 없었다.

게다가 칼베르토는 술을 꽤나 좋아하는 사람이었기에 크롤의 제안에 반색을 했다.

"내가 원래 성격이 급한 사람은 아니오. 그러나 최근 좋지 않은 일을 겪으면서 약간 소심해진 모양이오."

"누구나 충분히 그럴 수 있지요. 각하처럼 신분이 높은 분들은 그런 성향이 더 있을 테고요. 그러니 신경 쓰지 마시고 저를 부른 이유를 말씀해 주십시오. 궁금합니다."

크롤의 첫마디를 듣자마자 칼베르토는 어째서 그가 이 시간에 자신을 불렀는지 감 잡을 수 있었다.

그러나 미리 이야기하는 것은 상대에 대한 예의가 아니

었기에 일부러 더 이렇게 물었다.

"단도직입적으로 묻겠소. 혹시 가롯 단장에게 연락 온 것 없소? 이제 겨우 이틀이 지났을 뿐이지만 소식 정도는 올 수도 있지 않나 싶어서 묻는 게요."

"아직은 없습니다. 아무리 이웃 영지라고는 하나 말로 달려도 꼬박 반나절은 걸리는 거리입니다. 거기에 이동하는 인원이 몇백 명 되면 더욱 길어지겠지요. 작전 시간도 오밤중이니 지금쯤이나 기습을 준비하고 있지 않을까요?"

속사정을 알고 보면 지금 크롤보다 칼베르토가 더 초조한 상황이었다.

예정대로 작전이 성공했다면 오늘 오후가 되기 전에 벌써 소식이 왔어야 했다.

작전이 끝나자마자 칼베르토에게 바로 소식을 전해주기로 약속했기 때문이다.

그랬으면 크롤이 부르기 전에 그가 먼저 거들먹거리는 모습으로 그 사실을 알려주었을 터였다.

하지만 어젯밤에 기습하기로 계획을 잡았던 가롯에게는 그 어떤 소식도 없었다.

그랬기에 오히려 칼베르토는 크롤 앞에서 더 태연한 척을 하고 있었던 것이다.

이런 내용이 알려지면 괜히 자신들만 실없는 사람이 될

수도 있다고 생각한 탓이다.

"흐음……. 나도 그렇게 생각하고 있기는 하오. 그러나 출발하기 전 자신만만하게 이야기했던 가롯 단장의 태도로 미루어 보면 아직까지 조용한 게 왠지 불안한 것 같소. 두 분은 렌탈 영지를 쉽게 생각하시는 것 같은데 사실 그들은 그리 만만한 자가 아니거든. 당신들 생각처럼 그렇게 별 볼 일 없는 영지였다면 우리 정예군이 패배하지도 않았을 거요."

"전 그렇게 생각한 적 없습니다. 가롯 단장이야 아직 혈기 왕성하고 패기가 넘치는 분이라 어느 정도 그런 면이 있기는 합니다만 그렇다고 함부로 경거망동을 할 사람은 아닙니다. 그러니 조금만 더 기다려 보십시오."

평소 칼베르토의 몸가짐은 조용하고 느긋한 편이었지만 그나 가롯이나 크게 다른 것은 없었다.

그 역시도 크롤 영지와 렌탈 영지를 은연중 우습게 생각했던 것은 사실이었다.

단지 그런 티를 내지 않은 것뿐이다.

그런 동질감 때문인지 그는 이처럼 가롯을 꽤 괜찮은 사람으로 이야기했다.

그러나 그렇게 괜찮게 생각하고 있는 가롯은 지금 그가 상상도 할 수 없는 상황에 놓여 있었다.

"대체 내게 왜 이러는 겁니까? 어제 충분히 말하지 않았습니까? 그런데 대체 또 무엇을 털어놓으라는 거냐고요!"

선봉대만으로 렌탈 영지를 점령하겠다고 큰소리를 쳤던 가롯은 어두운 지하 감방에 갇힌 채 숀에게 심문을 받고 있었다.

어제는 그의 기를 죽여놓기 위해 구타를 했다면 지금은 확인할 것이 있어서 그나마 좋게 말로 대하는 중이다.

"자네와 자네 부대가 크롤 영지에 오게 된 진짜 이유를 알고 싶거든. 그걸 말해보라는 거야. 무슨 말인지 아직도 모르겠나?"

"우리는 크롤 백작의 부탁에 따라 그분을 도와주기 위해 이곳까지 온 지원군일 뿐입니다. 대체 무슨 이유가 또 있다는 말입니까?"

지금 이 자리에는 숀과 가롯 외에 렌탈 남작과 벨룸 기사대장 그리고 멀린 마법사도 있었다.

숀의 질문에 가롯만이 아닌 나머지도 어이없다는 표정을 짓고 있었다. 그들 역시 어째서 숀이 가롯을 계속 괴롭히고 있는지 영문을 알 수 없었던 것이다.

"저기… 사령관님. 또 다른 목적이라는 게 대체 뭡니까? 전 아무리 생각해 보아도 잘 모르겠습니다. 게다가 저자의 주군은 크롤 백작의 숙부로 알고 있습니다만…….”

“두고 보면 알게 될 것이니 일단 지켜보시오. 저렇게 계속 버텨도 결국은 말하게 될 테니까…….”

결국 벨룸이 대표로 나서서 모두가 궁금해하는 것을 물었다.

그러자 숀은 가롯의 얼굴을 힐끔 쳐다보다가 일부러 약간은 언성을 높인 채 이렇게 대꾸했다.

순간, 가롯의 몸이 한 차례 떨리는 것은 당연했다. ‘결국’ 이라는 말에 담겨 있는 묘한 여운을 감지한 탓이다.

“죄송합니다. 제가 괜히 쓸데없는 질문을 한 것 같군요.”

“벨룸 대장 잘못이 아니라 끝까지 입을 다물고 있는 저자의 잘못이겠지. 다시 묻겠다. 미리 말하지만 이번에도 대답하지 않으면 날 크게 원망하게 될 거야. 그런 불상사가 일어나지 않도록 잘 생각하고 대답해라.”

“으으…….”

이미 어제 숀의 무서움은 뼈가 저리도록 느껴본 가롯이다.

숀에게 당하기 전까지는 그 어떤 고문 앞에서도 굴복하지 않을 것이라고 자신했었지만 이제는 달랐다.

아니, 지금도 다른 사람의 고문이라면 참을 수 있을지 모른다.

그러나 어제의 그 고통은 그냥 참을 수 있는 수준이 절대 아니었다.

아무리 참을성이 강하고 자존심이 높은 사람이라도 마찬가지일 터였다.

그랬기에 떠올리는 것만으로도 가롯은 소름이 돋고 있었다.

"너와 칼베르토 마법사는 테우신 백작에게 특별한 임무를 받고 온 것 맞지?"

"…그, 그건……."

숀뿐만 아니라 장내에 있던 모두가 귀를 바짝 기울였지만 결국 가롯은 대답하지 못했다.

그는 설마 자신과 칼베르토 그리고 테우신 백작 이렇게 단 세 명만 모여서 나누었던 이야기를 숀이 알 리가 없다고 생각했다.

그랬기에 지금 숀이 그 일에 대해 묻는 것이 아니라고 믿고 있었다. 그러니 더 할 말이 없을 수밖에…….

"거참, 자꾸 귀찮게 하는군. 아무튼 멍청한 인간들은 꼭 매를 맞아야 머리가 돌아간다니까."

"저, 정말 우리는 지원군일 뿐입니다. 그 이상은 아무것도 없다니까요! 그러니 제발……."

"너는 아직 이런 말도 모르는구나? 낮말은 새가 듣고 밤

말은 쥐가 듣는다는 이야기 말이야. 좀 얻어맞다 보면 이게 무슨 말인지 이해가 가게 될 거야."

빠각!

"크아악~!"

지금까지 참은 것도 용했다.

아니, 어쩌면 참았다가 하는 구타라 처음부터 더 큰 고통을 안겨준 것인지도 모른다.

어쨌든 가롯은 오늘도 눈물, 콧물까지 줄줄 흘리며 울부짖기 시작했다.

그리고 곧 숀이 했던 말의 뜻을 뼈저리게 깨달을 수 있었다.

"그만~! 생각났어요! 생각났단 말입니다!"

멈칫…….

"하마터면 때려죽일 뻔했는데 다행이로군. 어서 말해봐라."

"영지전이 끝나고 나면 자연스럽게… 중얼중얼……."

주먹질을 멈추게 할 때는 그렇게 큰 소리로 떠들더니 막상 본론을 말할 때는 처녀가 속삭이는 것처럼 작게 이야기했다.

그나마 숀은 알아들을 수 있었지만 다른 사람들은 무슨 말인지 알 수가 없었다.

"더 크게!"

"그래서 크롤 영지까지 접수하기로 했습니다!"

하지만 숀의 한마디에 모두를 충격에 빠트리는 진실이 마침내 모습을 드러냈다.

"이곳에 네가 방금 했던 말을 직접 들은 증인이 많다. 그러니 언제든 내가 다시 물으면 그대로 이야기해야 한다. 알겠나?"

"네……."

이미 엎질러진 물이 되어버렸다.

만인 앞에서 떠든 이상 이제 감출 방법도 없었다.

가롯은 이제 숀의 꼭두각시가 된 것이나 마찬가지였다.

그리고 이것은 이번 전쟁에서 가장 강력한 무기로 등장할 가능성이 있었다.

2

어느새 또 삼 일이라는 시간이 흘러가 버렸다.

그러자 크롤 백작은 싫어도 결국 가롯이 실패를 했다는 것을 받아들일 수밖에 없었다.

그건 마법사 칼베르토도 마찬가지였다.

"결국 기습작전은 실패한 것 같소."

"드릴 말씀이 없습니다. 저 역시 그렇게 생각하고 있긴 합니다만 한 가지 이해가 가지 않는 것이 있습니다."

"그게 뭐요?"

침통한 상황이기는 했지만 그렇다고 진실을 외면하고 있을 수도 없었다.

그렇게 되면 더욱 억울한 사태가 빚어질 수도 있기 때문이다.

그뿐 아니라 자칫하면 크롤 백작은 더욱 고립될 수도 있었다.

그나마 테우신 백작이 마지막 보루 아니었던가.

그런데 만일 이대로 주저앉아 버리면 그의 정예 기사단마저 사라지게 했다는 오해를 살 수도 있었다.

이제 전쟁에 이기고 지고의 문제 아니라 이 사태부터 어서 빨리 해결해야만 했다.

"대체 렌탈 영지의 힘이 어느 정도입니까? 제가 듣기로 그곳에는 포로 병사까지 합쳐도 팔백 명의 병사가 전부였습니다만……."

"그건 틀림없는 사실이오. 그나마 태반이 우리 영지군들이었다고 할 수 있소. 렌탈 그자가 무슨 수작을 부렸는지 내 병사들을 전부 포섭했소. 젠장!"

애초 자신이 쳐들어가지 않았다면 이런 상황이 벌어질

리가 없었다.

그런데도 그는 배신자들과 렌탈 남작을 원망하고 있었다.

"그렇다면 더욱 말이 안 됩니다. 외람된 말씀입니다만 백작님의 병사들이 전쟁에서 지고 포로가 된지 얼마나 되었습니까?"

"이제 석 달 정도 된 것 같소, 그건 왜 묻소?"

아픈 과거를 들먹거리니 기분 좋을 리가 없었다.

크롤이 퉁명스럽게 대꾸하는 것도 당연했다.

"아무리 수가 많아도 포로가 섞여 있는 군대는 약점이 많게 마련입니다. 그에 비하면 우리 블랙 기사단과 기마부대는 정예 중에서도 최고라고 할 수 있지요. 그런데 어떻게 그들이 단 한 명도 돌아오지 못하고 있을까요? 너무 이상하지 않습니까?"

"으음… 듣고 보니 그렇군. 내가 알고 있기로도 블랙 기사단은 그리 녹록한 자들이 아닌데……. 뭔가 짚이는 것이라도 있소?"

잠깐 사이 크롤은 켈베르토의 말에 금방 말려들었다.

자신이 생각해도 이건 뭔가 이상했기 때문이다.

"아무래도 내부에 배신자가 있는 것 같습니다. 그것도 꽤 높은 직위를 가진 배신자 말입니다."

"그, 그럴 리가 없소! 우리 영지 안에 배신자가 있다니… 말도 안 되는 소리요!"

칼베르토의 주장에 크롤은 버럭 소리 질렀다.

불난 집에 부채질을 하는 꼴이니 부아가 치밀지 않을 수 없었다.

"저도 그렇게 믿고 싶습니다. 하지만 지금 우리 선봉대가 단 한 명도 돌아오지 못하고 있다는 것은 그들의 작전이 미리 노출되어 함정에 빠졌기 때문임이 분명합니다. 그게 아니고서는 지금 상황을 설명할 방법이 없거든요. 그럼 누가 그 사실을 렌탈 영지에 알렸겠습니까? 이 작전을 알고 있는 지휘관들 외에는 없을 것 아닙니까? 저희 쪽 지휘관들은 이미 대부분 출전한 상태입니다. 게다가 그 먼 곳에서 이곳 사람들과 왕래할 만한 이도 전혀 없지요. 그러니 답은 하나 아닐까요?"

"그들이 우연치 않게 작전을 눈치챌 수도 있는 것 아니오?"

실은 지금 크롤이 말한 것이 진실이 가까웠다.

물론 우연히 안 게 아니라 지금도 두 사람의 머리통 위에서 자신의 머리틀 손질하며 모든 대화를 고스란히 듣고 있는 욜라의 정보 덕분이었지만…….

그녀는 아예 크롤 백작의 집무실 천장 안에 살림을 차린 것 같았다.

"물론 그럴 수도 있겠지만 뭐든 조심해서 나쁠 것은 없을 겁니다. 만일 진짜로 스파이가 있다면 전쟁을 해보나 마나가 될 테니까요. 게다가 지금 이쪽 진영에서 가장 강력한 부대는 이제 저희 마법 군단밖에 없습니다. 하지만 아시다시피 저희는 기사들이나 병사들과 가까이 있으면 여러 가지로 불리합니다. 특히, 내부에 적이 있을 경우에는 치명적이라고 할 수 있지요. 그 점을 헤아려 주십시오."

"빌어먹을! 알겠소. 그대의 뜻대로 지금 당장 내부 단속부터 하겠소. 모든 지휘관을 철저히 조사할 테니 당신도 옆에서 참관을 하시오."

"죄송합니다. 그러나 꼭 그래야 안심이 될 것 같습니다."

생각 같아서는 이 뺀질거리는 늙은이마저 아예 돌려보내고 싶었다.

하지만 그렇게 되면 복수는 고사하고 엄한 블랙 기사단과 테우신 백작의 병사들만 희생한 꼴이 되기 때문에 무조건 참아야 했다.

만에 하나 테우신 병사들이 가버린다면 현재 자신의 병력만으로는 렌탈 성을 공략할 수조차 없었다.

"밖에 누구 있느냐?"

"네! 각하!"

"지금 당장 모든 지휘관을 회의실에 집결시켜라!"

"알겠습니다!"

결국 가롯의 잘못을 슬쩍 무마하기 위한 칼베르토의 잔머리에 의해 크롤 영지는 큰 난리가 났다.

잔뜩 흥분한 크롤이 전 지휘관들을 모아놓고 자신이 직접 나서서 그들의 출신과 성분 조사까지 했으니 얼마나 긴장감이 감돌았겠는가.

그렇지 않아도 계속 이어지고 있는 전쟁으로 민심도 흉흉한 상황이라 이 일은 모든 기사와 병사의 사기마저 급격히 저하시켰다.

"이틀 내내 철저하게 조사해 보았지만 보다시피 스파이 혐의를 둘 만한 사람은 없었소. 이제 만족하오?"

"그런 것 같군요. 일을 번거롭게 해서 정말 죄송합니다. 그러나 백작님께서도 안심이 되기는 하실 겁니다. 이런 문제는 조금만 수상해도 확인하는 것이 나을 테니까요."

"됐소. 그 때문에 또다시 아까운 시간만 버렸으니 이제부터 어떻게 렌탈 성을 함락할 수 있을지 그 일이나 논의해 봅시다."

얼만 전 칼베르토가 말한 대로 지금 그들의 진영 안에는 그나마 마법 군단이 남아 있었다.

5서클 유저인 칼베르토를 비롯해서 4서클 마법사 한 명,

그리고 3서클 마법사가 세 명이나 있었으며 2서클 마법사도 다섯 명이다.

과거의 렌탈 영지였다면 이들만으로도 함락이 가능할 만큼 막강한 전력이다.

그랬기에 크롤도 분한 것을 꾹꾹 참으며 이렇게 말했다.

"맞습니다. 그리고 다행히 아직 우리에게는 기마대 삼백 명과 기타 병사 오백 명이 남아 있습니다. 거기에 공성 무기를 비롯해 최신형 발리스터도 다섯 대나 보유하고 있습니다. 아직 실망할 단계는 아니지요."

"그대와 같은 마법사들이 있다는 것만으로도 그렇게 생각하고 있소. 그러니 묘책을 짜내 봅시다."

칼베르토가 데려온 병사가 아직 팔백 명이나 있는 데다가 기존 크롤 영지 내에도 육백여 명은 남아 있었다.

본적으로 성을 방어할 수 있는 백여 명 정도만 남겨 놓는다고 보면 렌탈 성 공격에 가담할 수 있는 인원은 천삼백 명이나 되는 것이다.

거기에 막강한 무기들까지 있었다.

칼베르토 덕분에 그 점을 막 깨달은 크롤 백작은 언제 화가 났었냐는 듯 금방 태도가 돌변했다.

"묘책을 세우는 것보다는 당장 진군을 시작하는 게 나을 겁니다. 적에게 자꾸 시간을 주면 그만큼 성 방어가 더 단단해질 테니까요.”

“알겠소. 그럼 내일 당장 진군을 시작합시다.”

마침내 크롤 백작은 이렇게 결심했다.

그러자 곧 그의 집무실 천장에서 룰루랄라 하고 있던 그림자 하나가 순식간에 어디론가 사라져 버렸다.

3

가롯은 포로로 잡혀온 첫째 날과 둘째 날까지는 그야말로 지옥을 경험했었다.

그러나 셋째 날부터는 완전히 달라졌다.

모든 것이 지옥에서 천국으로 뒤바뀌었던 것이다.

“나으리~! 세숫물을 대령했습니다.”

“어서 들어오라.”

“네.”

처음에는 어둡고 음습한 지하 감옥에 있었는데 지금은 깔끔하고 고급스러운 숙소를 배정받은 상태였다.

뿐만 아니라 담당 하녀까지 딸려주어서 자신의 영지에 있을 때보다 오히려 호화로운 생활을 하고 있었다.

“오늘 아침 날씨는 더욱 좋은 것 같구나. 씻고 바로 산책을 했으면 좋겠으니 그렇게 말 좀 전해주렴.”

"알겠습니다."

그중 가장 놀라운 점은 포로 주제에 이렇게 산책도 할 수 있다는 점이었다.

물론 외부로 나갈 때는 병사 두 명이 함께하기는 했지만 그렇다고 수갑을 채우거나 묶거나 하지 않았기 때문에 그리 불편할 일도 없었다.

아니, 어쩌면 틈을 봐서 탈출할 가능성도 있었다.

병사 두 명쯤 처리하는 것은 아무것도 아니라고 생각했다.

그들에게서는 마나의 기운도 감지할 수 없었으니 얼마나 만만했겠는가.

단지 이대로 탈출한다고 해도 돌아가서 변명할 만한 핑계거리가 마땅치 않아 아직 눈치만 보고 있는 상황이었다.

"가롯 단장님, 나오시지요."

"알았으니 잠깐 기다리게."

가롯을 호위하기 위해 나타난 병사들은 하인리와 크누센이었다.

처음 촌을 데려올 때 동행했던 자들이다.

그에게 치료를 받았던 경력도 있었으니 다른 병사들에 비해 꽤 인연이 있다고 할 만했다.

그리고 사실 그 덕분에 두 사람은 파비앙을 제외하고는

가장 강해진 병사이기도 했다.

숀이 슬쩍 더 중요한 부분을 알려준 덕분이다.

가롯은 그런 것을 전혀 몰랐기에 두 사람을 무시하고 있었다.

그러나 만일 그가 둘을 제거하고 탈출을 시도했다가는 큰 코 다칠 것이 뻔했다.

"전 도무지 주군의 뜻을 헤아리지 못하겠습니다. 부관이었던 자는 제가 보기에도 쓸모 있는 인간 같아 한편으로 삼은 것이 충분히 이해됩니다만 저자에게는 어째서 이렇게 잘해주시는 겁니까?"

"후후… 다 이유가 있으니 걱정하지 말게. 호랑이를 잡으려면 거기에 맞는 미끼를 써야 하는 법이거든. 저 녀석이 이런 생활에 깊이 빠져들수록 이용 가치가 높아지니 자네도 녀석을 만나게 되면 잘 좀 대해주게."

멀리서 가롯이 산책하는 모습을 지켜보던 멀린이 고개를 갸웃거리며 숀에게 이런 질문을 던졌다.

아무리 생각해 보아도 가롯은 이런 대우를 해줄 만큼 가치 있어 보이지 않았기에 더욱 이상했다.

그러나 숀의 대답은 그의 궁금증에 아무런 해결책이 될 수 없었다.

해결은커녕 오히려 더한 답답증만 생겼다.

"어떨 때 보면 주인님은 너무하십니다. 아직도 제가 미덥지 못하십니까?"

"갑자기 그건 또 무슨 소리야?"

평소 같으면 감히 이렇게 따지고 들지도 못했을 터였다.

그러나 지난번 전쟁 이후 멀린의 위상은 훨씬 드높아진 상태였다.

그러다 보니 자신도 모르게 약간의 교만함이 생긴 것 같았다.

그것을 느꼈는지 되묻고 있는 숀의 말투가 스산해졌다.

이때라도 빨리 감을 잡았으면 좋으련만 멀린은 여전히 아무것도 눈치채지 못한 채 다시 입을 열었다.

"그렇지 않습니까? 아무리 대단한 비밀이라도 충복이 궁금해하면 알려주셔도 되잖아요."

"멀린."

"네, 주인님."

"너 많이 컸구나? 아니면 요즘 사는 것이 귀찮아진 건가?"

"그, 그게 무슨 말씀이신지……."

이제야 숀의 분위기가 심상치 않음을 깨달은 멀린이 말까지 더듬으며 당황한 모습을 보였다.

"최근 들어 처음이니 오늘은 봐주겠다. 그러나 앞으로 또

내 말에 토를 달면 달밤에 꼴라와 씨름을 시킬지도 모른다."

넙죽!

"죽을죄를 지었습니다."

말이 좋아 체조이지, 만일 진짜로 오밤중에 꼴라와 씨름을 한다면 자신은 죽을 수도 있었다.

꼴라는 재미있다고 장난삼아 자신에게 달라붙어 힘을 쓰겠지만 마법사의 특성상 육체의 능력이 약한 그는 엄청난 고통과 함께 비명을 지를 것이 분명했다.

만일 그때도 손이 말리지 않는다면 그 상태로 세상과 하직을 고할 게 뻔하다.

그러니 얼마나 소름이 끼쳤겠는가.

그는 잽싸게 바닥에 부복하며 용서를 빌었다.

"알았으면 됐다. 앞으로 더욱 큰 사람이 되려면 항상 자신의 마음부터 잘 단속해라. 겨우 작은 공을 세운 것 가지고 남들이 추켜준다고 기세등등해져 함부로 행동하지 말고……. 내 말 알아듣겠느냐?"

"명심, 또 명심하겠습니다. 이 종이 미련해서 그런 것이니 용서해 주십시오."

훗날 대륙에 희대의 대마법사로 이름을 남기게 될 멀린은 이처럼 손에 의해 그릇을 키우고 있었다.

숀은 함부로 사람을 대하는 것 같지만 일단 자신의 사람인 경우에는 이처럼 새겨 둘 만한 교육도 시키고 있었다.

"누가 보면 귀찮아질 수도 있으니 어서 일어나라. 그리고 저놈에게 잘해주는 것은 일종의 사육이라고 보면 된다. 어째서 이렇게 말하는 것인지는 어차피 곧 있으면 알게 될 테니 그리 고민할 필요 없다."

"알겠습니다. 주인님의 깊은 뜻을 제가 어찌 헤아릴 수 있겠습니까?"

"......."

숀이 멀린을 가까이 하게 된 것도 알고 보면 그의 이런 성격 때문이었다.

멀린은 실수도 많이 하는 편이지만 그것을 깨달으면 얼른 반성할 줄 알았다.

그랬기에 숀도 더 심하게 하지 않았던 것이다.

어쨌든 지금도 멀린은 아까보다 훨씬 겸손한 자세로 이렇게 말했다.

그런데 이상하게도 숀은 그의 말에 아무런 대꾸도 하지 않은 채 허공 어딘가를 쳐다보고 있었다.

순간, 멀린은 그가 마법의 음성으로 누군가에게 말을 하고 있다는 것을 깨닫고는 자신도 입을 다물었다.

"이보게, 멀린."

"네, 주인님."

"아우가 자네가 함께 있어도 괜찮다고 말하는군. 그러니 나를 따라오게."

"아, 아우요? 갑자기 그게 무슨 말씀이십니까?"

대체 누구와 대화를 나누었는지는 몰라도 지금까지 멀린은 숀에게 아우가 있다는 말을 들어본 적이 없었다.

그만이 유일하게 숀의 부모님도 만나보았지만 그들에게서도 또 다른 자식이 있다는 낌새는 전혀 느끼지 못했었다.

그러니 당황할 수밖에…….

"따라와 보면 알게 되네. 그리고 운이 좋으면 방금 자네가 궁금해했던 일도 알게 될지 모르지."

"알겠습니다. 어서 앞장서시지요."

그런 말이 아니라도 주인이 따라오라고 했으니 버틸 이유는 없었다.

그렇게 두 사람은 영지의 뒷산으로 걸어갔다.

그곳은 가롯이 산책하고 있는 쪽과는 반대 방향이었다.

"아까 내가 말했던 대로 믿을 수 있는 사람이니 걱정 말고 나와라."

스으윽…….

"저도 알고 있었어요. 그리고 저 사람은 처음 볼 때부터 약간 맹해서 그런지 제가 경계할 만한 사람은 아닌 것 같더군요."

"쿨럭~!"

무려 5서클이나 되는 마법사를 앞에 두고 맹하다고 하다니…….

멀린은 귀신처럼 등장한 욜라의 이 한마디로 인해 쇼크를 먹었는지 헛기침을 했다.

"역시 너는 보는 눈이 있구나. 세상에 나 말고 이 친구가 맹하다는 것을 눈치챈 사람은 네가 유일하거든."

"저분은 누구십니까?"

"이런… 깜박했군. 인사하게. 내 아우 욜라일세."

"안녕하십니까? 저는 멀린이라고 합니다."

숀을 주인으로 모시고 있기는 하지만 아무리 아우라 해도 같은 주인으로 모시고 싶은 생각은 없었다.

게다가 상대는 복면을 쓰고 있기는 했지만 무서운 볼륨감을 보여주고 있는 여성 아니던가.

그래서인지 숀의 소개에 따라 정중하게 인사는 했지만 여전히 멀린의 표정은 떨떠름했다.

"나는 욜라야. 앞으로 잘 지내보자."

멍…….

하지만 욜라의 반응은 한 수 위였다.

아직은 아무도 모르고 있었지만 사실 그녀는 숀 말고는

존댓말을 써본 적이 단 한 번도 없었던 것이다.

목소리로 볼 때 아직 십대에 불과한 그녀가 자신의 아버지뻘 되는 사람에게 다짜고짜 반말이라니…….

멀린의 넋이 한순간에 사라지는 것도 이상한 일은 아니었다.

Chapter 13

납치

1

알고 보면 멀린보다 손이 예의에 더 민감하다.

그는 중원 무림 출신이기 때문에 그럴 수밖에 없었다.

하지만 이상하게도 욜라의 반말은 너무도 자연스럽게 느껴졌다.

하긴 삭막한 살수가 만나는 사람마다 존대를 하며 해시해실 웃는 것도 말이 안 되는 그림 아니겠는가.

물론 그녀의 정체를 전혀 모르고 있는 멀린은 달랐지만…….

"이것 보시오. 복면 뒤집어 쓴 아가씨, 방금 나에게 한 말은 아니겠지요?"

"너 맞아."

"으헉……. 저, 저기 주인님, 죄송하지만 아우 되시는 분을 잠시 교육시켜도 괜찮겠습니까? 잘못하면 주인님의 이미지에도 타격을 입힐 수 있을 것 같으니 저라도 나서야 할 것 같습니다만……."

멀린은 지금 큰 착각을 하고 있었다.

그는 숀이 워낙 욜라를 오냐오냐 받아주는 바람에 그녀의 성격이 저렇게 되었다고 생각한 것이다.

그래 놓고 다 커서는 아예 포기한 것이라고 믿었다.

아무리 무지막지한 숀이라 해도 차마 여동생까지 때릴 수는 없었을 테니까…….

그랬기에 조심스럽기는 해도 결국 자신이 나설 수밖에 없었다.

앞으로 숀은 큰일을 해야 할 사람이다.

그런 그에게 망나니 여동생이 있다는 소문이 돌게 되면 이미지에 타격을 입을 수도 있지 않겠는가.

충복으로서 그런 일은 무조건 막아야 했다.

"우리 아우의 버릇을 고쳐놓겠다고? 자신 있는가?"

"제가 비록 주인님 앞에서는 조용한 편이지만 한때 마법학교에 다닐 때는 후배들에게 가장 무서운 선배였습니다.

특히 그들을 다루는 것은 최고라고 할 만했지요. 그러니 맡겨보십시오."

멀린이 진짜 마법 학교를 다녔었는지는 알 수 없었다.

그러나 그의 표정에 자신감이 넘치는 것을 보면 완전히 거짓말은 아닌 것 같았다.

게다가 숀은 지금 벌어지고 있는 상황이 너무나 재미있었다.

"솔직히 걱정이 되기는 하지만 자네가 그렇게 큰소리를 치는데 그냥 무시할 수도 없고……. 욜라야, 너 아무래도 오늘 임자 만난 것 같다. 내가 말려줄까?"

"형, 그냥 구경이나 하세요."

"컥! 바, 방금 형이라고 했소? 주인님, 동생 분 여자 아니었습니까? 목소리는 분명 여자 같은데……."

"여자 맞아."

멘탈 붕괴는 이럴 때 일어나는 모양이다.

반말도 부족해서 이제 여자가 손위 남자에게 형이라고 부르다니…….

멀린은 갈수록 골이 지끈거렸다.

하긴 이 무렵 대륙에서는 여자보다는 남자의 권위가 컸다.

그랬기에 이런 경우는 본 적도 들은 적도 없었으니 그럴 만도 했다.

“주인님처럼 완벽하신 분이 어째서 동생 분을 이렇게 방치하셨습니까? 저러다가 시집이나 가겠습니까?”

“이봐, 영감. 네 걱정이나 하지 그래?”

“푸욱!”

그렇지 않아도 멀린은 나이보다 더 들어 보이는 외모가 가장 큰 콤플렉스였다.

그런데 욜라는 한 술 더 떠서 영감이란다.

아무리 주인 앞이라지만 뚜껑이 열리지 않을 수 없는 순간이다.

“이것 보시오, 아가씨. 마지막으로 기회를 주겠소. 앞으로 다시는 말을 함부로 하지 않겠다고 약속하시오. 그럼 내 없던 일로 해주리다.”

“놀고 있네.”

그래도 하늘 같은 주인님의 아우였기에 최대한 감정을 억누르며 이렇게 말했건만 되돌아 온 것은 조롱뿐이었다.

그 때문에 멀린은 마지막 이성의 끈을 놓고 말았다.

“으드득……. 나 정말 화났다. 네가 자초한 일이니 원망하지 마라. 매직 미사일~!”

푸슝~!

그는 말과 동시에 빛살처럼 빠른 매직 미사일을 쏘았다.

어느 정도 강도를 조정한 것이기는 해도 맞게 되면 졸도할 정도의 위력은 되었다.

그런데…….

스륵…….

펑~!

분명 그녀의 몸에 닿는 것 같았는데 황당하게도 그녀는 마치 환영인 양 흩어져 버렸다.

매직 미사일은 그녀를 지나 그 뒤에 있던 나무를 때리고 말았다.

"누가 영감 아니라고 할까봐 무지 느리네."

"이익! 너 잘났다. 어디 이것도 받아봐라. 샌드 더스트~! 매직 미사일~!"

어느새 옆으로 이동해 있는 욜라가 또다시 약을 올리자 멀린은 먼저 상대의 시야를 차단할 수 있는 마법을 시전했다.

그렇게 그녀를 당황하게 한 다음 곧바로 아까보다 더 빠른 속도로 매직 미사일을 쏘아 냈다.

비록 서클은 낮은 마법들이었지만 5서클 수준의 그가 사용하자 그렇게 시기적절하고 위력적일 수가 없었다. 과연 장족의 발전을 한 모습이다.

"어때? 이제 잘못을 인정할 생각이 드는가?"

아직도 모래 먼지가 피어오르고 있어서 욜라의 모습이 잘 보이지 않았다.

그러나 멀린은 그녀가 매직 미사일에 얻어맞았다고 확신을 하고 있었다.

그만큼 방금 전의 연계 공격은 완벽했다.

"이봐, 영감. 지금 누구와 이야기하는데?"

"커헉! 귀, 귀신이다!"

그렇지만 쓰러져 있을 것이라고 생각했던 욜라는 어느새 등 뒤에서 나타났고 여전히 조롱 섞인 목소리로 이렇게 물었다.

그로 인해 멀린은 심장이 튀어나올 만큼 놀라고 말았다.

그리고 이때 숀도 감탄했다.

'정녕 대단하구나. 저 정도 실력이면 중원 무림에 갖다놓아도 삼류 수준은 될 것 같아. 이 대륙에서는 가장 나를 놀라게 한 사람이라고 할 수 있을 정도네. 흐음……. 앞으로도 쓸모가 많겠어.'

그는 지금 멀린이 당하거나 말거나 그런 데는 관심이 없었다.

상대를 가장 빨리 파악하려면 직접 부딪혀 보는 것이 가장 좋다.

어차피 멀린이나 욜라나 그에게는 함께 가야 할 사람들

이었기에 자기들끼리 어느 정도 서열은 정하는 게 나았다.

"이제 그만하지? 더하면 아무리 영감이라 해도 그냥 두지 않을 거야. 나는 원래 나이 개념 같은 것은 없거든."

"좋아, 생각보다 재주가 많군. 그렇다고 이대로 끝낼 수는 없지. 주인님, 좀 더 강한 마법을 써도 괜찮을까요?"

욜라의 말에 멀린도 진심으로 화가 났다.

그랬기에 그는 손을 보며 이런 허락을 구했다.

상대가 상대이니만큼 아무리 화가 나도 무조건 강한 마법을 쓸 수는 없었기 때문이다.

"자네가 가지고 있는 최고의 마법을 써도 괜찮아. 마음껏 해봐."

"감사합니다. 주인님. 들었지? 이제 각오하는 게 좋을 거야. 우오오옵! 타오르는 불길의 염원이여~ 이곳에 임재하라! 파이어~볼~!!"

부아아아앙~!

그리고 마침내 강력한 공격 마법이 발현되었다.

파이어 볼은 상대가 빠르다고 해도 쉽게 피할 수 있는 공격은 아니다.

불의 구체가 완성되는 순간, 상대가 있는 곳을 향해 곧바로 날릴 수 있는 점 때문에 그렇기도 하지만 마법사의 능력에 따라 불의 구체 자체가 워낙 커질 수 있기에 그런 것도 있었다.

그랬기에 몸놀림이 빠른 기사들도 고위급 마법사 앞에서는 조심을 하는 것이다.

물론 멀린은 마지막에 마나의 힘을 줄이기는 했다.

진짜로 그녀를 죽일 마음은 없는 탓이다.

그런데…….

툭!

"이봐, 대체 저 불덩어리는 언제까지 날아가는 거야? 다 큰 어른이 산에서 불장난을 하면 쓰겠어?"

"으헉! 이, 이럴 수가… 네, 네가 어떻게 여기에……."

정말 기가 막히게도 멀린이 날린 파이어 볼을 욜라도 그와 나란히 서서 구경을 하고 있는 것 아닌가.

게다가 그녀는 앞만 보고 있는 멀린의 어깨를 치면서 이렇게 말을 걸었다.

남들이 보면 무척 친한 사이라고 오해할 정도다.

그러나 멀린은 그 순간, 심장이 가라앉을 정도로 놀라고 말았다.

"내가 만일 너를 죽이려고 마음먹었다면 벌써 열 번은 죽었을 거야. 마법 실력이 대단한 것은 알겠지만 나 같은 사람을 만나면 그렇게 미련한 짓 하지 마. 그러다 제 명에 못 죽거든. 알았지?"

찡긋!

멍…….

상대는 윙크까지 날리며 다정하게 말을 했지만 멀린은 식은땀을 흘리고 있었다.

그리고 깨달았다.

괴물 주인의 동생 역시 괴물이라는 것을…….

"됐다. 그만해라. 너희 놀라고 이 자리에 모인 것이 아니다."

"알았어요."

"……."

이쯤 되자 숀이 나서서 두 사람을 말렸다.

여기서 더 진행해 봐야 이미 승부는 났기 때문이다.

그의 말에 욜라는 바로 대답했지만 멀린은 여전히 멍한 표정이었다.

"네가 여기까지 온 것을 보니 드디어 때가 된 모양이구나."

"내일 공격을 시작한대요. 영지 안에 백 명만 놔두고 모두 끌고 온다고 하더군요."

멀린이 그러거나 말거나 숀은 욜라에게 이렇게 말했다.

그러자 욜라도 멀린을 힐끔 쳐다보더니 심각한 정보를 쉽게도 이야기했다.

"그거 재미있군. 그럼 이제 슬슬 사냥을 나가볼까?"

"호호……. 형과 함께 움직이면 진짜 재미있을 것 같은데? 따라가도 되죠?"

이런 말을 남긴 채 두 사람은 순식간에 사라져 버렸다.

아직도 멍청한 표정을 짓고 있는 멀린을 남겨둔 채…….

2

다음 날 날이 밝자 크롤 영지는 분주해졌다.

벌써 전 영지군에게 출전 명령이 하달되었기 때문이다.

영지민들은 계속되는 전쟁이 달갑지 않았지만 그렇다고 대놓고 불만을 함부로 표현할 수는 없었다.

요즘 자신들의 영주 심기가 좋지 않다는 것을 알고 있었기 때문이다.

그러나 아무리 그래도 불만은 불만이었다.

"나는 대체 우리 영주님의 속셈을 모르겠어. 그까짓 작은 영지를 왜 그렇게 차지하려고 안달이지?"

"이 사람 큰일 날 소리 하네! 그런 이야기를 마구 지껄이다가 쥐도 새도 모르게 사라지고 싶나?"

벌써 삼 대째 크롤 영지에서 살고 있는 농부 제이미와 롤커는 밭을 매다 말고 이런 이야기를 주고받았다.

제이미가 불만을 토로하자 소심한 성격인 롤커가 주변을 두리번거리며 주의를 주고 있었다.

둘 다 벌써 어느새 반백을 넘어선 나이인지라 전쟁에 끌려 나갈 염려는 없었지만 문제는 아들들이었다.

제이미는 아들이 둘이었고 롤커는 하나 있었기에 지금처럼 전쟁이 시작되면 불안해질 수밖에 없었던 것이다.

"제기랄! 내 땅에서 내가 하고 싶은 말도 못한단 말인가? 그리고 내가 틀린 말 한 것도 아니잖아. 들리는 소문에 의하면 렌탈 영지는 규모는 작지만 모두 행복하게 산다고 하더군. 가뭄이 들거나 홍수라도 나면 세금을 반 이하로 내린대. 그렇게 어진 영주님이 다스리고 있는 곳을 차지하기 위해 전쟁을 일으키면 벌 받을 거라고. 그럼 아무 죄도 없는 우리 아들들만 죽을 수도 있지 않겠는가."

"휴우……. 하긴 그 이야기는 나도 들었어. 사람들 말이 렌탈 영주님은 이미 신의 보호를 받고 있다고 하더군. 그래서 지난번 전쟁 때도 소드 마스터라는 신의 아들이 도와줄 수가 있었던 거래. 생각해 보라고. 신의 역사가 아니고서야 그런 상황에서 어떻게 승리할 수 있었겠어?"

두 사람은 이런 이야기를 주고받으며 은연중 크롤 백작을 원망하고 있었다.

비록 시골이기는 해도 크롤 영지가 살기 나쁜 곳은 아니었다.

높으신 양반들이야 그만큼 욕심이 많아서 전쟁까지 불사하는지는 모르겠지만 그들처럼 평범한 사람에게 이건 아니었다.

"하긴 우리 영주님도 알고 보면 첫째 왕자님의 지시 때문에 렌탈 영지를 침공했던 것이라는 소문도 있기는 해. 어쩌면 그분도 불쌍한 희생자인지도 모르지."

"똑같이 먹고 똑같이 싸면서 왜 그렇게 생각이 다른 걸까? 우리에 비하면 가진 것이 몇만 배 이상 될 텐데 그것도 부족한가 봐. 이럴 때는 과거 돌아가신 셋째 왕자님이 그립다니까. 그분이 살아 계셨다면 많이 달라졌을지도 몰라. 그분은 언제나 우리 왕국민 편이셨잖아."

원래 상황이 어려워지면 위정자를 원망하게 되고 그들 가운데 어질었던 사람을 그리워하는 법이다.

이들도 마찬가지였다.

비록 젊은 나이에 사라졌지만 셋째 왕자 루카스가 남긴 업적은 지대했다.

그는 특히 법령부터 귀족들에 대한 조치까지 무엇 하나 왕국민들을 위하지 않은 것이 없었다.

때문에 당시 왕국민들은 모두 그를 어버이처럼 따르고 존경했었다.

"말해 무엇 하겠어? 나도 그분이 그립기는 하지만 그렇다고 돌아가신 분이 살아 돌아올 수도 없잖아. 휴우……."

"이건 비밀인데 말이야……. 누가 그러더라고. 어쩌면 셋째 왕자님께서 살아 계실지도 모른대."

제이미가 또다시 한숨을 쉬며 이렇게 말하자 롤커가 목소리를 더욱 낮추며 자신만 알고 있던 정보를 꺼냈다.

"그게 정말이야? 누가 그러는데?"

"어허, 이 사람! 목소리 좀 낮추라니까. 나도 아직 이런 소문이 어디서 흘러왔는지는 몰라. 지난번 장에 나갔다가 알게 된 상인이 말해주더라고. 그는 사방팔방 다니지 않는 곳이 없는 사람이라 별별 이야기를 다 듣는 모양이야. 그러니 아주 근거 없는 소문은 아닌 것 같아."

민초들의 소문은 황당한 것 같지만 의외로 그 속에는 진실이 숨어 있는 경우가 허다했다.

아직 사실을 확인할 길은 없었지만 두 사람은 부디 루카스가 살아 있기를 빌고 또 빌었다.

그러나 그들과 달리 크롤 백작과 그의 군대는 욕심이 가득한 눈빛을 번들거리며 출전을 서두르고 있었다.

"부대~차렷!"

척척!

"영주님께 받들어~창!"

"충~성!"

이미 넓은 연병장 안에는 엄청난 인원이 모여 있었다.

그리고 그들의 앞에 놓여 있는 단상 위로 크롤 백작이 올라가자 곧 굉렬한 목소리의 인사가 이어졌다.

"우리는 지금 간악무도한 렌탈 남작을 치러 갈 것이다. 그들은 감히 첫째 왕자님의 뜻을 거역하고 반기를 들었다. 이에 우리는 그들을 응징하기 위해 출전하려 한다."

"와아아아~!"

불과 서론만 이야기했을 뿐인데 벌써 병사들은 환호성을 지르며 사기를 드높였다.

이것은 약은 칼베르토 마법사가 자신의 부대원들에게 지시를 내려서 시작된 일이었지만 아무것도 모르는 병사들 역시 그것에 동조하는 바람에 벌어진 현상이다.

"우리에게는 그런 명분이 있다. 뿐만 아니라 이번에는 우리를 도와주기 위해 멀리서 훌륭한 지원군들도 온 상태다. 그런 이상 또다시 패배를 맛볼 일은 없다. 모두 기세를 몰아 적들을 물리치자!"

"이기자!"

"물리치자! 와 아아아~!"

둥! 둥! 둥! 둥!

크롤의 출전 연설은 의외로 짧았다.

그러나 진군의 북소리가 울려 퍼지자 병사들의 사기는 하늘을 찌를 듯 우렁찼다.

그리고 마침내 명령이 떨어졌다.

"진군을 시작하라!"

"진군하라!"

둥둥둥둥둥!

좀 더 빨라진 북소리와 함께 일천 삼백 명이나 되는 부대가 이동을 시작했다.

선두에는 기마 부대가 멋지게 차려입은 기사들의 지시를 받으며 박진감 넘치게 달려 나갔으며 그 뒤로 보병들도 힘차게 뒤를 따랐다.

이대로 렌탈 영지까지 가는 것은 아니었지만 그들을 배웅 하고 있는 영지민들의 시선이 닿는 곳까지는 무조건 달릴 것이다.

"이야~! 생각보다 그림 좋은걸? 우리도 나중에 저런 복장을 입혀 봐야겠어. 자세가 살아나잖아."

"그래 봤자 소용없어요. 벌써 보병들은 인상을 쓰고 있잖아요. 어디를 가나 늘 졸병들만 고생이죠, 뭐."

그런데 그때 영지 인근에 있는 오래된 나무 위에서 두 사람이 이런 한가한 대화를 나누고 있었다.

바로 숀과 욜라다.

그들은 지금 병사들이 입고 있는 복장을 두고 이야기하고 있었는데 결론은 욜라가 내렸다.

"나도 그건 동감이야. 그래서 아예 병사들을 모두 마나를 사용할 수 있게 만들었지."

"네에? 그, 그게 정말이에요?"

"아참, 너는 그때 모의전투를 보지 못했겠구나. 나중에 확인해 봐. 내 말이 거짓말인지……. 모르기는 해도 조만간 제대로 난리가 날걸? 이런 제목으로 소문이 날 거야."

"무슨… 제목인데요?"

"병사들의 반란. 어때? 그럴싸하지?"

이상하게 숀과 대화를 나누다 보면 욜라는 아련했던 어린 시절이 생각났다.

분명 피를 섞은 사이도 아니고 어릴 때부터 알아왔던 사람도 아닌데 이상하게 그는 남 같지가 않았다.

반대로 숀 역시 비슷한 감정을 느끼고 있었다.

어쩌면 두 사람 다 흡사한 삶을 살아보거나 살고 있기에 그런지도 몰랐다.

지금 이렇게 급박한 상황 속에서도 농담을 즐길 수 있는 사람도 두 사람이 유일할 터였다.

"형, 잠깐 말 좀 놓을게요. 놀고 있네."

"커흠……. 이제 슬슬 따라가야겠네. 벌써 언덕을 넘고 있잖아. 어서 가자."

만일 다른 사람이 이렇게 말을 했다면 벌써 차디찬 바닥과 키스를 하고 있었을 것이다.

그러나 숀은 욜라의 그런 면까지도 싫지 않았다.

그랬기에 대신 화제를 돌리며 먼저 쏜살같이 앞으로 내달렸다.

딱 욜라가 따라올 수 있을 만큼의 속도로…….

그러자 욜라도 살짝 눈웃음을 치며 그 뒤를 따라갔다.

아마 눈으로만 미인을 정한다면 세상에서 그녀가 가장 아름다운 여인으로 뽑힐지도 몰랐다.

그만큼 그녀의 눈은 신비하면서도 아름다웠다.

두두두두…….

크롤 백작은 지금 누군가가 자신들을 따라오고 있다는 것을 꿈에도 모른 채 열심히 달리는 말에게 채찍을 가하고 있었다.

그 모습을 보며 그의 부관을 비롯한 기사들과 마법사 칼베르토는 속으로 감탄을 하고 있었다.

그만큼 멋있었던 것이다.

하지만 바로 그때, 다들 경악할 만한 사건이 벌어졌다.

번쩍!

"사, 사라지셨다! 내 눈이 어떻게 된 걸까?"

"나도 보여. 백작님께서 방금 증발하셨어!"

열심히 달리고 있던 그 모습 그대로 갑자기 크롤 백작이 사라져 버렸던 것이다.

그것도 벌건 대낮에 말이다.

이 일로 인해서 결국 크롤 영지군은 행군을 멈출 수밖에 없었다..

『건들면 죽는다』 7권에 계속…